河出文庫

理由のない場所

イーユン・リー
篠森ゆりこ 訳

河出書房新社

目次　理由のない場所

理由のない場所

ダーポンとジェームズに
そしてヴィンセント・キーン・リー（二〇〇一～二〇一七）の思い出に

あなたを引き寄せられないし
そうしようともしない日々、
頑固以上の何かであるふり
をする距離、
際限なくそれらが
私と口論し、口論し、口論するが
結局あなたが望ましくなくなることも、いとおしくなくなることもない。

距離とはこういうもの。思い出して、
飛行機の下のあの陸地すべてを。
あの海岸線は
かすかにしか見えない砂深い浜でできていて
それがぼやけつつ
ずっと延びている。
ずっと、私が並べる理由が尽きるところまで?

日々とはこういうもの。考えて、
あの散らかった楽器の数々のことを。
一つの事実につき一つ。
それらは互いの経験を取り消してしまう。
いかにそれらが
何かの忌まわしいカレンダーに似ていたことか。
「絶対&永遠会社より謹呈」

こうした声から
威嚇するように出る音を
私たちは別々に見つけなければならないが
打ち負かすことはできるし、打ち負かすだろう。
日々と距離はふたたび混乱する、
そしていなくなる。
永久に、穏やかな戦場から。

——エリザベス・ビショップ「口論」〔「Argument」*A Cold Spring* 所収〕

1　お母さんに見つかるな

お母さん、とニコライが言った。

驚いた。彼がこう呼ぶのは、かまってもらえないときだけだった。でも私はここにいて、ひたすら気遣っていた。いまこの子にしてやれることは、それしかないから。あなたにそう呼ばれるのがどれだけ好きか、話したことなかったね、と私は言った。

おばあちゃんのことは何て呼んでた？

私があなたぐらいのとき？　母《かあ》ちゃん。

いとおしい《エンディアリング》感じだな。

その人がいとおしい感じがしない人だったら、せめて呼び方をなんとかしなきゃね、と私は言った。いとおしく思わせる《エンディア》、なんて妙な言葉だろう、と私は考えた。endear《エンディア》〔いとおしく思わせる〕。endure《エンデュア》〔耐える〕。en-dear《エン・ディア》〔〜にする＋いとおしいもの〕。in-dear《イン・ディア》〔同前〕。では誰かを out-dear《アウト・ディア》〔〜から離れる＋いとおしいもの〕することもできるということ？

まさかここで会うとはね、とニコライは言った。

私たちのどっちかのしわざ、と私は言った。

そっちだろ。

私は笑い、あなたらしいね、と言った。それから、私が勝手にここに来られる理由を説明した。一つには、時間と縁を切ったから。

私はあなたみたいな十六歳でもいいし、二十二歳でも三十七歳でも四十四歳でもいいわけ、と私は言った。

十六歳はやめてほしいなあ、と彼は言った。

どうして。

友達にならなきゃって思いたくないから。

違う年齢でも友達になることはあるでしょ。

年上と友達になる気にはならないな。それに、母親と友達って無理があるよね。

無理なの？

うん。母親と隠れんぼして勝ってこそ成長できるんだから、とニコライは言った。

勝つのはいつも子供のほう。母親は捜すのが下手だから。私は言った。

ぼくを見つけたじゃない。

母親としての私が見つけたんじゃないの。そこの「お母さんに見つかるな」って看板に気づかなかった？（といっても、気づくはずがないのはわかっていた――話している間に掲げたのだから）

母親じゃないなら何だよ。

それはね、あなたみたいな逃げる子ウサギ。でなかったら、どうやって私たちがここにたどり着く？

焼きたてのチョコレートクッキーの箱を手にした私が、近所の人が去っていくのを見ているこの場所は、どこでもないところという場所だった。ルールはこうだ。この場所は明日、どこかになり、昨日、どこかだったが——今日は決してどこかではない。

私はルールを作る白の女王〔『鏡の国のアリス』の、時間を逆に生きる登場人物〕ではないし、ルールに従って生きるのを拒むアリスでもなかった。私は、説明がつかない悲劇《インエクスプリカブル・トラジディ》に普通の子供が消えたことを悲しむ《グリーヴ》普通の親だった。ここですでに陳腐な言葉が三つ。私はその一つ一つと個人的闘いをすることができた。grieve《グリーヴ》〔悲しみ〕という言葉の由来は、ラテン語の *gravare*「重荷を負わせる」と *gravis*「墓、重い」。子供が残していった虚《うつ》ろの中に生きることを重荷だと、どんな母親が思うのだろう。explicate《エクスプリケイト》〔説明する〕の由来はラテン語の *ex*（外へ）+ *plicare*（たたむ）で、「広げて見せる」。でもニコライの行為を説明がつかないと言うのは、未知の陸地にたどり着いた渡り鳥を迷子と呼ぶようなものだ。さすらう鳥が飛行の進路を変えたことに理由はないと誰に言えよう。私には説明できないようなことは何もなかった——ただ説明したくないだけのことだった。母親の仕事はくるむことであって、広げて見せることではない。

tragedy《トラジディ》〔悲劇〕。これは説明がつかない言葉だ。そもそもヤギの歌とは何なのか。tragedyはもともとそれを意味していたらしいのだが〔古代ギリシャ語のヤギの歌が語源とされる〕。

あれを自分で悲劇と呼ぶか、ニコライに尋ねた。近所の人と話してからこのページに戻るまでの合間に気づいたのだが、私はおかしくなってきたと世間から思われているかもしれなかった。

私はおかしくなってはいなかった。私がしていたのは、それまでずっとしてきたこと、物語を書くことだ。この物語では、ニコライ（本当の名前ではないが、これまで使った数ある名前の中から彼が自ら選んでつけた名前）という子供とそのお母さんが、不特定の時空にある場所で会う。それは神や霊の世界ではないし、私が考え出した世界でもない。私の夢ですら世俗のものであり、現実に閉じこめられている。それは言葉でできた世界だった。言葉だけで、映像も音もない。

あれを悲劇って言う？　彼が訊いた。

私は悲しいって言うしかないな。悲しすぎて他の形容詞が見つからない。

形容詞はぼくにとって、やめられない娯楽なんだ。

知ってる。あなたから形容詞を少し分けてもらわなきゃいけないかもね。私はそう言い、考えてみた。私がどこでもないところにいることを表すのに、彼ならどの言葉を思い浮かべるだろう。それからふと、彼はどんな言葉もくれないことに気づいた。この場所で私がどれほど勝手を許されても、彼とのこの遭遇を作り出したのが私である事実は変えられなかった。彼の選択ではない。だから彼は私の能力が及ぶ範囲に限定される。そして私には、悲しみという言葉しかなかった。

ぼくも、自分のために悲しんだほうがいい？

私はその質問について考えてみたが、答えは浮かばなかった。

ぼくはそっちが思ってるほど悲しくないよ。もう感じない。

私はそう言ってもらわなくてもかまわなかった。だけど、ねえ、あなたがまだ私と同じように悲しみを感じられたらいいだろうな。それなら他のことも私のように感じることができるから。でも私はこれを口に出さなかった。代わりに、高校の同級生の母親にまつわる話をした。

その女性はインドネシアの島で育った。ある日、妹のために椰子の実をとろうと木にのぼり、墜落した。その事故で死にはしなかったが、耳がほとんど聞こえなくなった。そして後にピアニストになり、音楽学校で教えたという。でも彼女に話を聞いてもらうには、耳の近くで叫ばないといけなかった。ピアノを弾くところも教えるところも見たことがない。どちらをするにしても、なぜ可能なのか謎だった。

ベートーベンも耳が聞こえなかったよ、とニコライが言った。

年をとってからでしょう。その人は七歳のときからだもの。

その人の人生はベートーベンよりも悲劇的？

ううん。もちろんそんなことない。この話をしたのはね、その人が私をすごく気に入ってくれていたのを、いま思い出したから。

話しているうちに、その人と彼女の娘をめぐって細かいことまでよみがえってきた。二人のことを考えるのは三十年ぶりだ。私の友人は十六歳の、粗野で野放図な女の子だった。自分で髪を切っていたが、前も後ろも長さがばらばらだった。彼女が大学受験に失敗してから、私たちは少しずつ疎遠になった。後にフリーランスの写真家になったと聞いた。

その友人の母親は、私の隣にいるのを好んだ。私たち仲間が連れだって彼女のアパートを訪ねると、柑橘類の砂糖漬けとお茶を出してくれた。母親と私はめったに話をしなかったが、よくほほえみを交わした。彼女は風変わりな女性で、私のクラスで背の高いほうだった娘よりも頭半分高いのに、娘の前では力なく黙っていた。娘は、私が母親にぴったりの話し相手だとよく冗談を言っていた。

この人のお母さんだけじゃなくてね、当時は友達の親の誰からも好かれてたんだよ、と私は言った。

ぼくは友達の親の誰からも好かれてない、とニコライは得意げに言った。

知ってる。そのことには感心する。でもね、皆、あなたを想って泣いているんだよ。

もうどうでもいいよ。

　これが十六歳のときの私だったら、友達の親の多くが説明のつかない悲劇だと思っただろう。でもそんなことを知っていても、この世がわびしくなくなるわけではない。その友人の母親のことは何十年も考えたことがなかった。彼女の人生とほほえみをめぐるいくつかの事実を除いて、私はまったく彼女のことを知らないし、彼女も私のことを知らない。

　私は言った。そうなんだろうね。でも、あなたがたくさんの人からどれだけ惜しまれているか知ってほしいの。

　ママ、とニコライが言った。私が泣きそうになるような言い方で言った。ママ、それって陳腐な言葉だよね。

　でも人生が陳腐によって救われるものだとしたら？　人生が陳腐に頼って生きなければならないものだとしたら？　明日はどこかになり、昨日はどこかだったが――今日はどこかではなく、陳腐の国。

　わかってくれるって約束だよ、とニコライは言った。

　私は理解すると彼に約束したことがあった。それから、他のことも約束した。

たとえば森の中の家、日差しが入るキッチン、たくさんの新しい料理、私の本の著作権——ママが死んだら本の著作権欲しい、でもいいやつだけの、と彼は九つのときに言った。でもこうした約束のすべてが、愛情と変わらないほど無力だった。約束と愛情は、陳腐の国に下ろされた二つの碇《いかり》なのに。

だからって悲しいことに変わりはないよ、と私は言った。

でも、ぼくの立場にいたら、皆に年じゅう悲しく思われたくないだろ。

私はあなたの立場に近かったことがある。だから、あなたと話すためにこの場所を作ることを自分に許したの。悲しみには耐えて生きていける。でも悲しみには、やみくもに起こる悲劇の見境のなさをくい止める要塞としての力はない。母親と子供は何歳であろうと同時代人にはなりえないもの。だから十六歳の私でも十六歳のあなたと友達になることはできなかったし、どちらも救われるのを拒むから、お互い若い相手を救うことはできなかった。私のほうが年をとっていて——あなたはまだ若い——だから私が「お母さんに見つかるな」という看板を掲げた白の女王。隠れるのが上手なのは、あなたのほうだった。

2　日々に不意をつかれて

これで私たち独自のルールができた。どこかという場への一歩だよね。

私は、それで呼吸ができるようになったことは言わなかった。たとえ生きようとしなくても、機械的な行動によって人生は続けられる。中でも呼吸は避けられない行動だ。一度、パーティーで誰かに訊かれた。腹立たしいのは他の人々のどんな性質か。私は、不正確なところだと答えた。

ぼくたちがこれまで独自のルールで生きてこなかったとでも言うわけ、とニコライは言った。私が想像するに、その口調はかつて——これから出かける演奏会にふさわしくない彼の服装を、他の母親が見たらどう思うか私が問いただしたら

——彼がこう言ったときと同じだろう。自分は他人にどう思われるか、気にもしないくせに。

私たちはずっと独自のルールに従って生きてきたのだろうか。でもその疑問より、私たちが使った時制のほうに混乱させられた。どの時制でニコライのことを話すかについては、あれこれ質問をして助言をもらったことがある。でも、「だった」と「である」、「なった」と「なるだろう」で、何が違うのか。私と彼が作っているこの場所では時間が超越され、その言語では時制が超越されるのだ。

ルールは破られることになってる、と彼は言った。

締め切りは守られないことになってる、と私は言った。締め切り、つまりデッドラインという言葉には、よく魅了された。時間と空間と死を、一分の隙もなくつなげた言葉だ。

約束は果たされないことになってる、と彼が言った。

愛は続かないことになってる、と私は言った。異論の余地がある発言だが、彼は指摘を避けた。愛は、彼が別れを告げるときに二人で使った言葉だ。彼はそれが最後だと知っていて、私はそれをなんとなく悟っていた。でも悟ってから知るまでの間に、七時間と四つの州があった。今日初めて気づいたのだが、人々はよくお悔やみの手紙の中で、死による喪失をはかり知れない《アンファゾマブル》ものと呼ぶ。でも、喪失した瞬間の距離ははかることができた。十八万九千二百ファゾム〔約三百四十五キロメートル〕だ（ある場所からある場所までの距離をはかる単位として、ファゾムがもう使われていないことは問題ではない。すたれさせるのは老化させることだが、死は老いを免れる）。

しかし、はっきりしないのは時間のはかり方だ。ある瞬間から……おしまいの端が永遠ということもありうるだろうか。

だからさ、時間はもうぼくたちにはあてはまらないって主張しておいて、なんでそれを気にするんだよ、とニコライが言った。いま私たちが会っているこの場所では、すべてを知り尽くした全知の状態があってもおかしくないのだが、私は全知であることを主張していいのは彼だけということにしていた。彼が、ママは自分で自分のルールを破ってる、と言った。

だって時間はまだ私を閉じこめ混乱させているんだよ、と私は答えた。気の毒にね。時間に不意をつかれて。

不意をつく。その言葉は作品に使ったことがないな。

気を悪くしないでほしいんだけど、語彙に広がりがないよね。

運よく私の考えは語彙に制限されないの、と私は言った(私は頭の中で、ニコライが幼稚園で同じクラスの園児たちに紹介してくれたときの私と、同じ口調を使っていた。ぼくのママは移民なので英語になまりがあります、と彼が言ったので、私はこう言ったのだ。ありがとう坊や、それでも私は英語で書いて生活しているんです)。

彼は口をつぐんだ。もっともなことだ。母親が自慢するのを誰が聞きたいものか。

私も口をつぐんだ。地下鉄に乗っていた。ほんの数週間前、地下はいつもこんなにやかましいのかとニコライに訊かれた。今日のように、私の友人に会いに行く途中だった。そのとき彼は、だったらニューヨークには住めないな、耳を悪くするわけにいかないから、と言った。

彼の言葉をいま思い出したら、自分が騒音を気にしたことがないのに気づいた。色に対する感受性がにぶいのはわかっていたけれど、音に対してもそうなのだろうか。

これほどものを見ようとも聞こうともせずに、どうやって生きてきたんだろう、と私は言った。もしかしたら彼は、それを説明できる見識を得たかもしれない。返事はなかった。彼は私の隣に立っている男女の話を盗み聞きしていた。それで私も後から聞き始めた。彼らは共通の知人の息子が先週自殺した話をしていた。

男性が言った。十七歳なんだ。信じられるかい。

なんてことなの。新聞で読んだわ。心の中で思ったの。誰かの孫なんだって。その知らせの電話で起こされるところを想像してごらんよ。いったい誰がそれを現実と思える？

私はニコライが何か言うのを待っていた。彼がその少年を擁護したりしないことはわかっていた。それぞれに決断の理由があったのだ。似た決断のように見えるけれども、それは説明を求める人々にとってそうだというだけだ。でも、彼が何か気の利いたことを言うだろうかと考えた。人々の同情と無神経さは、他人の不幸を心配してもみ手をする二つの手みたいなものだね、などと。でなければ、私に代わって彼らを物笑いの種にし、こんなことを言うだろうか。もちろん現実だってすぐわかったよね。いったい誰がこんなまぬけな言い方で質問を始めるんだ。いったい誰が、なんてさ。

でも、彼は何も言わなかった。

最初に思い浮かぶことが誰かの孫だなんて妙じゃない？　その男女が地下鉄を降りてから、私はそう言った。

あの人は初孫に会ったばかりなんだよ、とニコライが答えた。

私はその部分の会話を聞いていなかった。トンネルに入った。彼はまだ騒音が気になっているかな、と私は考えた。

言ってることはよく聞こえるよ、と彼は言った。

そうだ、困ってることが一つあるの。あなたが書いていた詩が一つも見つからない。

それと、これから書く詩もね。

冴えてるね。私はそう言って、小冊子《チャップブック》を一冊作れるぐらい詩があるかどうか、ある人に訊かれたことを話した。

すると彼は言った。chap《チャップ》〔ひび割れ〕、ChapStick《チャップスティック》〔リップクリーム〕、chapman《チャップマン》〔行商人〕、chapbook《チャップブック》〔小冊子〕。どれもこれもちっぽけな感じ。まるでぼくの頭の――昔は何て呼んだんだろう――ミニチュアを作るみたいな。

彼の野心と自負が本人同様、若いまま年をとらないことがいとおしくてならなかった。あなたが本作りを教わったとき作ったものみたいな、手作りだよ、と私は言った。

そのノートの中身はどれも空白だな。

全部が空白でなくてもいいでしょ。あなたは立派な詩人だと皆が認めてるの。

はは。小さいときに渡したあの落書きを読んで？　詩がわかってないんだね。

あなたの母親が、それとも世間の人が？

ママだよ、と彼は言った。母親をまだママと呼ぶ十六歳は、ニコライだけかもしれない。彼は、傷つけるつもりはないけど、ママの趣味には信頼がおけないんだよね、と言った。

私は笑った。エディンバラの店にいたときも、彼は同じことを言った。私たちはそこで彼のカシミア混ウールのマフラーを選んでいた。

あのマフラーはいま私のものなの、と私は言った。

お下がりじゃなくてお上がりって感じ？

私がつけるのは嫌じゃない？

つけたことないから、それはまだぼくのじゃないよ。でも、ママだろうと誰だろうと、ぼくの詩が読まれるのは嫌だな。

私は、英国で見たフィリップ・ラーキンという詩人の展覧会の話をした。そこにはラーキンの日記帳の表紙だけがあった。彼の死の翌日、中身が抜かれて暖炉で焼かれたのだ。

ぼくもそれにはママと同じく拍手を贈るよ、とニコライが言った。

秘訣はね、信頼する誰かに、自分より長く生きてもいいと承諾してもらうこと。でも、ぼくは誰にも詩を託せない。

私はもれなく彼より長生きするこの世の人々について考えた。私ならそのうちの誰かを信頼するだろうか。この私を信頼するだろうか。

ママの責任じゃないからね。

悪行という意味で責任というなら、責任はないね。でも、責任《フォルト》という言葉の語源は、「失望させる」「だます」から来ているの。

ニコライは私が先を続けるのを待っていた。これほど辛抱強く私の話に耳を傾けたことはあまりなかった。

愛することが、失望させることやだますことを意味していないとは誰にも言えない、と私は言った。

失望させたりだましたりする人は、必ずしも愛情からそうするわけじゃないよね、と彼が言った。

ねえ君、それじゃフォローになってないよ。私は、子育てが失望させることとだますことを必要とする仕事なら、罪のない望みを抱いてその仕事を始める親が、そもそもどれだけいるだろうかと考えた。

彼が言った。ていうか、望みのない罪？　でもこの場所では、親子をしばるルールに従わないって決めたのはそっちだよ。

自己欺瞞《ぎまん》と意志力の境界ははっきりしないことが多いの、と私は言った。

ぼくはそれを両方とも受け継いだんだよね？　ママの責任じゃないけどさ。

意志力は、忘れられない彼の性質の一つだった。彼は五年生のときに睡眠障害になったが、後に私と口論したとき、私たちが何を勧めようとほとんど助けにならなかったと言い放った。ぼくは九時にベッドに入って、意志の力で体を動かさないようにして、脳に考えるのをやめさせた。そうやって不眠症を解決したし、そうやってずっと問題を解決していく。ぼくが頼れるのは自分の意志力だけなんだ。

意志力とおごりの境界もはっきりしないんだよ、と私は言った。

あいにくとそれは変えられない。意志に力を与えると盲目になるんだ。権力を持つ人たちが思い上がって、自分の足元が見えなくなるみたいに。

でも、意志力にものが見えるときなんてある？

意志力は見える目を持たないよ。優柔不断には目があるけど。ありすぎるほどね。アルゴス〔ギリシャ神話の多数の目を持つ巨人〕みたいに。

ニコライは私のことをよく優柔不断《ウィッシーワッシー》と言っていた。その言葉の響きが好きだったのだ。

じゃあ意志力に従うわけにいかないね、と私は言った。

だめだね。

でも、意志力に頼らずにどうやって生きるというのだろう。来る日も来る日も来る日も、子供が隠れてしまうというのに。私はラーキンの詩の一節を彼に読んで聞かせた。

日々は何のためにあるのだろう。
日々は私たちが生きるところ。

日々はやってきて、私たちの目を覚ます。

何度も、何度も。

日々は幸せなものでなければならない。

私たちは日々のほかの、どこで生きられるだろう。〔「Days」*The Whitsun Weddings* 所収〕

ぼくたちが生きるところは日々だけじゃない、とニコライは言った。それを言うなら、私たちが生きるところは時間だけじゃない、でしょ。生きるところは日々だけなんだよ。

いまはぼくが生きるのに日々は必要ないよ。

それでもね、私は日々を生きなきゃいけないの。

ごめん、と彼は言った。

日々というのは、もっとも楽に得られるものだ。機械的に参加すればいい。彼が拒否した日々は向こうから訪れる。一度に一日ずつ。私の味方でも敵でもない日々は、私を私自身の味方にできるか敵にできるか見物しながら、どこまでもしぶとく他人事《ひとごと》でも見るように、毎日夜明けに待つだろう。
私は言った。あやまったりしないで。自分が手放したもののことで。

3　侵入者たち

エリザベス・ビショップのあの詩を探してるんだけど。覚えてる？　あれについて書いたでしょう。

覚えてない、とニコライは言った。

あなたが六年生になって最初の週だった。その詩を読んで、私たちが旅した場所を記憶がさまざまな色に変えることに気づいたって書いてたよ。

クロアチアは紫がかった灰色、と彼が言った。

そう！

パリは金と銀。

ベルリンは何かおかしな色だったな。北京はもっと変だった。何だっけ。

覚えてないよ。

どの詩。

それも覚えてない。

いまの彼が知っていたり覚えていたりすることに、どんなルールがあるのだろう。ここ何週間もビショップの詩を片っ端から読んできたが、どれも違うような気がした。彼はその詩を見つけ出せないのだろうか。記憶に束縛されずに。

彼が言った。束縛されない、か。その言葉は違うな。

私はそれを辞書で調べた。彼は辞書並みの知識を得たにちがいない。

もし記憶が束縛なら、ぼくは皆にうらやましがられる。

どうして。

一日生きるごとに、束縛が強力になっていくだろ。

それが生きるのに必要なことだったらどうする、と私は思った。

私は尋ねた。それはともかく、たとえ記憶になくても、どの詩か見分けることはできないの？

ママが思ったようにはいかないんだよ。

どうして。

過去のことだし、細かいことだしね。違うんだよ。知っているっていうのは、そういうことじゃない。

ということは、全知は過去には通用しないんだ、と私は言ったが、あなたのいるところでは、と口にするのをずっとこらえていなければならなかった。

ジレンマはどこにいてもあるもんだね、と彼は言った。

「ジレンマ」とは、二つの前提があることだ。そして全知と記憶は、どちらも不確かなものだ。

どちらかしか選べないとしたら？　私は訊いた。

記憶は目の色みたいなもので、常にあるものなんだ。

でも目を閉じることもできる、と私は思った。

彼は言った。そうしたって目の色は変えられない。一方で全知っていうのは詩を書く能力みたいなもので、誰にでも生まれながらにあるものじゃない。獲得することはできない？

ママは詩を書ける？

私はその質問の答えを真剣に考えてから、ううん、と折れた。でも、フィクションで全知の語り手を使うのは好きだよ。

ふん。手作りのお菓子を売るバザーに、買ってきたクッキーを持ってくる友達みたいだな。

そこまでじゃないと思うんだけど、と私は言った。

全知には完璧さがあるんだけど、ママはそれを持ってないし、わかってもいないんだよ。

というより、私は完璧さがあることを信じていないんじゃない？

わかってもいないものを、信じないって言うのは怠慢。

私はわかっていないあれこれについて考えた。最近はだいたいニコライのことだ。夜明け前、私は短い歌を思い出した。彼が六歳で弟のJが三歳のとき、ニコライが作った歌。二人一緒にお風呂に入ると、声をそろえて歌っていた。

のんきな魚
　のんきな魚
メッセージ入りボトルな魚
　メッセージ入りボトルな魚
ゴムのアヒルな魚
　ゴムのアヒルな魚

ニコライが言った。あれに何の意味もないのはわかってるよね。時間が来るまで湯船から出してくれないから、気晴らしに作ったんだ。

私は思った。あれに何の意味もないことが、どうしてわかるだろう。いまや何もないことと何かがあることが、服を交換した瓜二つの双子になって、手をたずさえて歩いているように思えるのに。歌は私の頭の中でぐるぐる回り続けていたが、解釈が不可能になっていた。解釈が不可能なことにには、何でも内なる論理があるように思えた。

何か意味があるとしても、それを何も意味がないことにすればいいんじゃないの、と彼は言った。

どうやって。

えっ、大人はそれが得意じゃないか。問題があるか訊かれたら、礼儀をわきまえた思慮深い人間でいるために、お気遣いはありがたいのですが何もかも順調です、て言うんだろ。お気遣いはありがたいのですが何も順調ではありません、とは言わないんだ。そう言ったら皆が騒ぎ出す。それで騒ぎ出したら何て言う。あら、気になさらないで。何も順調《ライト》ではありませんけど、何も残って《レフト》いませんから。

聞いてると頭がくらくらしてくる、と私は苦情を言った。どういう意味か理解するために、あなたが言ったことを書き留めておかなきゃ。

何くだらないこと言ってんだよ。本文の中に隠喩《メタファー》を見つけなさいって年じゅう言ってる英語の先生みたいにさ。

人生は隠喩で生きるものではない、と二人で口をそろえた。彼がこれを初めて耳にしたのは、私の授業に五時間付き合わされたときのことだ。四歳だった彼は長いテーブルの下に横たわり、ゆっくりだが根気よく、端から端まで転がってはまた戻っていた。彼は翌日、筋立てに問題がまったくないときもあるけれど、それは退屈ですね、と言ったときの私は意地悪だった、と言った。

あの歌を作ったとき、湯船の中にあったのはゴムのアヒル、それともゴムの魚？　両方？

どっちもなかった。もっと想像力を働かせたら。

想像じゃなくて、細かい点までまちがいのないようにしておきたいものなんだよ。

なんでそんなことが大事なの。

まったくだ、と私は思った。正しかろうとまちがっていようと、私はあの歌のせいで眠れなくなり、起きて一日を始めるのも恐くなっていた。

ぼくによく何て言ったか覚えてる？　調和《プロポーション》、調和、調和。

私はこうも言っていた。辛抱《ペイシャンス》、辛抱、辛抱。大局《パースペクティブ》、大局、大局。

ピーター・パイパー・ピックト・ア・ペック・オブ・ピクルド・ペパーズ〔「ピーター・パイパーは一ペックの酢漬け唐辛子をつまんだ」という意味の早口言葉〕、と彼は言った。

私は笑った。彼が何でも人間業《わざ》とは思えないほど速く言えるので、私はいつも畏れ入っていた。

いまはどっちかというと非人間業って考えるべきだよ。

まさか。

なんで。正確さを求めてそんなに騒ぐくせに。誤用された副詞はただの副詞より悪いんだろ。

かつて私は、彼が書いた文章から副詞を削除していた。言い合いが終わらないのはわかっていたけれど、でも副詞についてだなんて。もう、やめてよ、と私は言った。

いいよ。

お互いに言うべきことがたくさんあって言いたかっただけなの。ささいなことにこだわるより。

本当にたくさんある？

人生は気むずかしいものなのに、二人の会話が邪魔されたことはないと思うなんて、私はおこがましいのだろうか。私たちが共有しているものは、人生以上に気むずかしいのだ。少しでも妨害が入るとこれは消えてしまう――でも、これはそもそも何なのだろう。夢を見ているのでも幻覚を見ているのでもなく、一緒に逃げているのでも別々に逃げているのでもなく、しょっちゅうお互いに出くわす。存在するのが難しいとき、不可能なときに、存在する方法を見つける――彼にとっても同じなのだろうか。

ごめんね、黙らせるつもりじゃなかったの、と私は言った。

彼は口を閉ざしたままだった。失敗してしまった。たとえ言い合いのための言い合いでも、まったくの沈黙よりはましだ。

いまの私が不調和なのはどこ。私はまた気を引こうとして尋ねたが、彼は口をきかなかった。こんなふうにして母親は子供を失うのだろうか。こんなふうにして人は人を失うのだろうか。言葉は裏切るものだと理解していないことによって。それどころか、正確さを期せば言葉の裏切りをなくせると考えることによって。沈黙は最大の防御であり最大の攻撃でもある。中国の寓話に出てくる鍛冶屋みたいに、沈黙に沈黙で対抗したらどうなる。鍛冶屋は最強の槍を通さない最強の盾と、最強の盾を貫く最強の槍を作ったと自慢するのだ。私たちはどちらも、ずっと黙っていることになるだろう。

おかしなところへ考えが行っちゃってるじゃないか、と彼は言った。

私はほっとして言った。どういうこと。

もしぼくが消えたままでいることにしていたら、ぼくを見つけていた？　もしぼくが黙っていてもかまわないと思ったら、ぼくの言葉を受け取っていた？

確かに、と私は答えた。

それなのに、弱気でいるつもりなんだね。

私みたいな母親は弱気とは無縁だよ、と反論したかった。でも私の頭に浮かんでくることといえば、これだけだった。『ある弱気な子の日記』〔ジェフ・キニー著。邦題『グレッグのダメ日記』〕

の最新刊。これを彼が読むことは、もう決してない。ニコライは本の対象年齢をはるかに超えているけれど、シリーズものの本を読みながら成長したら、新作が出るたびに読む義務が生じる、と話していたことがある。

ぼくが言いたいこと、わかったでしょ？　決してない、か。ママは考えごとをするたびにこの言葉で締めるけど、決してなかったらそれの何が一大事なんだよ。もう一大事とみなせるようなことは何もない、と私は思った。もしどの瞬間も前の瞬間のカーテンコールで、つながらないなら、そう、それならお手上げだとあきらめてこう言える。何が一大事なんだ。どこがこの劇の山場なんだ。でも一大事や山場というのは、他の時間を吸い取って消してしまう掃除機を作るだけだ。時間を砕いてぼろぼろの破片にするのは、ささいなことや何でもないことだ。予想した瞬間と予想もしなかった瞬間が撒き散らされている日々は、何が一大事なんだ、と言って早道を用意したりしなかった。昨日、私は新居に引っ越すために彼の服を荷造りしていた。その中に、ノルウェー語で『ある弱気な子の日記』という書名が書かれた大きすぎる白シャツがあった。私がオスロの出版社から持ち帰ったものだ。彼はそれをパジャマにして数年の間着ていた。荷造りの間それに気を留めなかったのは、他にもシャツがあって、そちらのほうが大事で、いい思い出話ができたからだ。でもいまや、その白シャツがふたたび逸話を語る場を得た。毎日午後になると、私はある道の角から角までの真ん中あたりで待った。以前、別々の方向からやってくるニコライと弟をそこで待っていたのだ。自分を律して一方向だけを向いていられる日はめったになかった。だいたいは振り返った。振り返っても、まちがえたわけではない。現実を少しも学習できないのだから。振り返るたびに、頭がもうろうとする瞬間が訪れ、こんなことを考えた。ニコライが並木道をまた歩いてこないともかぎらない。アオサギみたいに、のんびりと。あのさ、いま他の人たちみたいなこと考えてるね。いったい誰が……。

いったい誰が――私は言った――何。

いったい誰が信じるっていうんだい、彼がある日ここにいたのに翌日いなくなったなんて、みたいな。

でもいったいどうやって、と私は思った。どうやってある事実を受け入れずに、それを知ることができるのだろう。どうやってある人間の選択に疑問を持たずに、それを受け入れることができるのだろう。どうやって行き止まりに突き当たらずに、疑問を持っていられるのだろう。行き止まりの向こうにもう一つの行き止まりを見つける前に、何度突き当たらなければならないのだろう。それに、もし行き止まりの向こうに別の行き止まりがあるなら、行き止まりとは呼べないんじゃないか。

ニコライが言った。ほんとに得意だよね。自分で自分を混乱させるのが。ぼうっとする。当惑する。混乱する。あなたが何か言うたびに辞書を開かなきゃいけないね。どの言葉にも私が知らない定義が十個ある。定義を全部知ってなきゃいけないなんて誰も言ってないよ。知らない定義でしか意味がわからなかったらどうするの。

ほとんどの人はそこまでしようとしないだろ。

ほとんどの人は——と私は言い、それから一般化しすぎないように修正した——多くの人は、誰かを失いたくないからって私みたいにこんな極端なことをしなくてもいいからね。それから、私は世間の人たちが言っていることについて考えた。死者を生かしておく方法はあるし、愛と思い出によって死者とともにいられるという。でも、ニコライの場合もそれでいいのだろうか。やり方が少しでもまずければ、彼はふたたび消えてしまうだけだ。彼は多くの人を出し抜いた。またやらないとは言い切れない。

ぼくにしてみたら不法侵入されてる感じ、とニコライが言った。

私があなたの人生に侵入してるってこと、と私は訊いた。その前日、私たちがニコライの部屋と呼ぶ新居の部屋に、彼がカリフォルニアの旧居の寝室用に作った看板をかけた。「立入禁止」だ。

ママの頭の、行かないほうがいい部分にも侵入してる、と彼は言った。

自分の頭に行っちゃいけないところがあるの？

完全に頭が逝《い》っちゃうのが嫌ならね。

あなたは自分の頭の行かないほうがいいところを避けてるわけ？

避けてる、それとも避けてた？

同じことでしょう、と私は言った。
もしぼくが自分の頭に侵入したら、自分を解放してるよ。
だったら私も自分を解放することになるじゃない。
そもそも侵入しちゃいけないんだ。
手遅れ。愛することは侵入することだもの。
生きることもね。いったい誰が、そう思えないっていうんだい。

4 そしてボタンはとれてしまった

あれ、何も言わないんだね、とニコライが言った。

私は黙っていた。もう少しで言葉が見つかりそうだったのだが。

ついてない日だったの、と彼が訊いた。

そのとき私は、この場所のルールがすべてはっきりしているわけではないことに気がついた。彼は私が行くところにはどこにでも行き、私が見るものを何でも見るのだろうか。

彼が言った。そういうわけじゃないよ。いつもじゃない。

全知にすら限界がある、と私は思った。だったら私の考えを読みとるあなたの能力は、私が動き回っている物質界を見る能力まで達してないんだね、と私は言った。

状況による。

どんな状況。

ぼくの気分。

ここにいる気分じゃないときはどこにいるの。

ここってどこ。

私と話す気分じゃないときっていう意味。

私はそう言ったものの、それも正確ではなかった。

ママは知らなくていい、と彼は言った。

車でF通りとM通りの交差点を過ぎたところだった。朝、そこでよく彼を車から降ろしたものだ。私はここに来たことを彼に教えた。うっかりしちゃって、と私は言った。思いもかけず、遠回りした。

最後に会ったところだね、と彼は言った。

それは私の台詞《せりふ》、と私は思った。

ぼくのでもあるだろ。

あれ、また黙っちゃった、と彼が長い沈黙の後で言った。

私のほうが、あなたにも増してつらく感じられる物事もあるんだよ、と私は言った。

どんなこと。

私は、彼が交差点で車を降りてから亡くなるまでの八時間について考えた。八時間は長い時間だ。何があったのか、私はずっと知らないままだろう。

いちばん知る必要がないことかもね？　彼が言った。

人生に八時間はいくつ入るだろう。私はニコライを十六年と二十二日間知っていた。彼を愛した期間はもっと長い。彼が赤ん坊だったとき、私は病院で働いていた。仕事をしている間、彼は八時間以上、哺乳瓶から一滴も飲もうとしなかった。それから私の仕事が終わると、一晩じゅう一時間おきに母乳を飲んだ。生後六週間の赤ん坊のときも、十六歳の少年のときも、おそろしく大胆不敵と言っていいほど自分を曲げなかった。

だけど八時間が現にあるんだもの。あなたは知っているのに私は知らないことが。

ぼくだって、だいたいはママの毎日に何が起こっているか知らなかった。

知らないっていっても、私のは種類が違うの。

知らないことは知らないことだろ。

そして知らないことは、傷と呼ばれるものにきっと似ている。傷についてくるのは、治療や傷痕のような言葉。このすべてがひどい類推《アナロジー》であり、自分に都合のいい考えを生み出すもとになる。人はこれほど宿命的に結末がない結末に、耐えて生きていけるものだろうか、と私は考えた。

その疑問は、生きていきたいものだろうか、じゃないとね、とニコライが言った。

私は彼が中学生のときに作った物語を思い出した。ニコライという五歳の男の子の話だった。男の子と母親は一九一七年のロシア革命で故郷を追われ、サンクトペテルブルクから乳母とともに逃亡した。彼女たちは彼に新品のコートを着せたが、列車が駅を出るのを待つ間、二人とも話をしなかった。

当時は一、二ページ書き上がると、私に見せてくれた。何が彼にこの物語を書かせたのか、私にはわからなかった。ニコライは——物語に出てくる、未知の場所へ旅する男の子は——列車の中で腰かけてコートの光る真鍮のボタンをずっといじっていた。乳母がやめるように言ったが、母親は黙っていた。

「そしてボタンはとれてしまい、コートは新品ではなくなった」

私はその一行を読んだとき、そら恐ろしさで背筋が寒くなったのを思い出した。もし作家になる気なら、こういう文章はおおいに貢献してくれるよ、と彼に言ったことも思い出した。そのとき彼は十二歳で、私の言うことを完全には信用していなかった。思ったほど完璧な文章は書けないね、と答えて、私に賞賛されたらいっそう落胆してしまった。

でもそうなんだよ、といまの彼は言った。完璧さだけがぼくの生きる道なんだ。そしてボタンはとれてしまい、コートは新品ではなくなった。

ニコライは——と私は言った——つまり物語の男の子は、今年で百五歳になるね。

もう死んでるよ。言っとくけど。

いつ死んだの。物語の結末を見たことがないんだけど。

書き終えてない。でも十二、三歳までしか生きなかったんじゃないかな。

彼が書いた物語で少年が死んだのは、これが初めてではなかった。四年生のとき、学校の提出物をめぐって教師から私に懸念の手紙が来て、仲のいい数人の親からは質問が来た。

ただの物語じゃないか。ママも物語を書くだろ。いまだって話を作ってる。

作り話が現実より現実的なこともある、と私は思った。

いまの意見は辞書の内容に合ってないだろうな、と彼は言った。

私は辞書を調べた。real《リアル》（現実）の由来は *res*「事実、物」、そして「物事《シング》」との関連を示す *realis*。

ママが作る話はいつも非現実。「どうでもいい物事《ナッシング》」との関連を示す。

わかった。

言い合いに負けたからって、しょげないでよ。そこに何か変化はあった？

どこに。

見ると悲しくなる交差点。

枯葉がますますたくさん落ちてるよ、と私は言った。

あのとき、落ち葉はもういっぱいあったね。

言われるまでもなかった。私は秋が訪れる前のある朝、地面に枯葉が落ちているのを見た。そして、彼が落ち葉の山を飛び越えて歩いていくのを見た。その日から何週間も木々が葉を落とす様子を見守っていたが、いつまでもきりがない感じがした。最後の一葉が存在意義を帯びるのはO・ヘンリーの短編だけだ。すべてが詩的かつ悲劇的な急展開を見せるのは、O・ヘンリーの短編のみ。実際には葉は常に落ちている。しばらくたつと、どれも同じに見えてくる。風に震える葉も、あちこちに叩きつけられる葉も。それから、リーフブロワーや芝刈り機《モウワー》に片づけられる。

ニコライが言った。ブロワーとモウワーか。もし韻を使えるようになりたいなら、もっとがんばらないとね。

私がいる物質界が、彼には本当に見えていないことに気づいた。落ち葉も落ち葉掃除のならわしも、漠然としか思い描けないことなのだ――一つの季節に一気に枯葉が落ちる土地には、三歳のときから住んだことがないから。彼の初めての経験になっただろうに、もう別世界のことになってしまった。そういうものは他に何があるだろう。雪が降ることとそのせいで休校になること、つららが軒から下がること、私たちが一緒に植える計画をしていたクロッカスが二月に咲くこと、カーディナルが頭とくちばしで窓を叩くこと――この赤い鳥がしつこく叩き続けるのは、窓に映った自分の姿への愛着からなのか敵意からなのか。前の家の周辺で、ニコライはステラーカケスしか見たことがなかった。これは物怖《ものお》じしない鳥でやかましく、縄張りを主張し、いつもリスと喧嘩していた。

いつから語り出したの。自然とか、そういうささいなものについて。ニコライが尋ねた。

自分を持ちこたえさせるために際限なく物事の細部が必要だとしたら、それを自然以外のどこに求めればいいの、と私は思い、自然はささいなものじゃないよ、と言った。

そんなに関心持ってなかったじゃないか。

彼の言うことがもっともなのはわかっていた。たとえば私が旅した土地は、こういうものだった。土地が漠然としてつかみどころがなければないほど、邪魔されないように感じる。そして自分が見えない存在になったように感じる。

だけど、注意は払ってたんだよ、と私は言った。

興味を失ったからとか無関心だからとか、そういう理由で向ける注意は不注意よりも悪い。

冴えてるね。

ママは注目するのも見るのも苦手だもんね。

注目するのはそうだけど、見るのも？　この二つにはきっと違いがあるはず。

何度注目しても、何も見えていない人もいるでしょう。

だけど、ママは逆の主張をしてる。注目する必要がないのに見えるって。

私はそのことについて考えてみた。昨日、鳥の群れが野原から、雲に覆われた北の空へ向かって飛び立つのを見た。そういう場面を前に見たことがあるかといえば、何度もある。写真すら持っていた。写真家がくれた銀塩写真だ。表紙に同じ写真がのっている彼女の写真集も持っていた。ムクドリの群れが、飛んだまま釘付けになっている。私には鳥も空も野原も雲も電柱も、すべて見えていた。でも、注目する努力をしたことはなかった。

見るのは本能なんだね。注目するほど時間がいらない。私は言った。

あほくさい。

自分について事実を述べてるだけでしょう。

注目の仕方を知らなければ、詩を理解することはできない、と彼は言った。

それはそうだと思う。最近、詩を読んでるの。注目の仕方を覚え始めたら、詩がわかり始めたっていうのがおもしろくない？

おもしろいと思うのはママぐらいだよ。それって、食べることは仕事じゃないと今日初めて気づいたって言ってるようなものだろ。

私は笑った。昔、私は料理をするとき無頓着だった。ニコライがお菓子を焼き始めた頃、私は食事を作るときに抽象的なことを考えるのをやめた。その後、彼は私にこう言った。食べることは仕事だと思ってたよ。ママが料理上手になったら、なんで皆食べることが好きなのかわかった。

私はかなりにぶいから。ほら、とろいじゃない。

にぶいととろいは、ニコライと弟が私のことを話すときに使うお気に入りの形容詞だった。

ほんとにそう思ってるの？

もちろん、と私は答えた。

ママが猫をかぶるたびにむかつく。

ああ、と私は面食らって言った。自分がそれを忘れていたことに驚いた。彼は私に腹を立てると、猫かぶりとよく呼んでいたのだ。どういう意味なのか、私は訊いたことがなかった。

そういらつくような演技をするからさ、と彼は言った。

へえ、どんな演技なの。

にぶくてとろいような。

本当にそうならどうする。あなたに言ったことあるよね。私にいちばん似てるキャラクターはクマのプーさんだって。

そういうのは自分に都合のいい考えっていうんだ。

私は思った。のろまで鈍感なふりをして何がいけないの。そのおかげで人々が私から目をそらすか、私に注目しても見通すことができないか、私をとても知能が低い哀れなクマとしか見ないのだったら。

頭が切れて賢くて何がいけないんだよ、とニコライが言った。

いつだって世間は賢い人を愚かにし、頭が切れる人をにぶくしようと励むんだよ。苦しまなくてすむなら苦しまないほうがいいでしょう。

じゃあママはばかな自分を演じてるんだ。それで、苦しみは少しは減った？

苦しむという言葉の定義は、もう私の辞書にはない、と私は考えた。

だけどね、と私は言った。苦しみが増すのは、賢くて頭が切れると主張するからなんだよ。

ぼくの苦しみが増すのは、世間がするようなことをママがしたがるからだよ。賢い人を愚かにして、頭が切れる人をにぶくすることをさ。

あれ。ニコライは長い沈黙の後で言った。また黙っちゃったね。

何を言っても弁解に聞こえるでしょう、と私は言った。

いいから言ってみなよ。

私があなたぐらいの年で友達だったら、あなたの前では賢くて頭が切れたでしょうね。だから友達だったらよかったのにと本当に思う。私はあなたをとても愛しているけれど、母親として愛することしかできない。母親は最大の敵になることがあるけれど、それは親友になれないからなんだよ。

ぼくもとても愛してるよ。ぼくのせいで傷ついてないといいけど。

ああ、そんなことはいっさい言わない。傷つくのが人生ってものだから。

それに、人生の前でにぶいふりやとろいふりをしても、うまくいかないでしよ？

いかない。人生は頭が切れる人も鈍感な人も平等ににぶくする。そして賢い人を愚かにする。ただし愚かな人のことはもっと愚かにする。

じゃあ演技する必要はないってこと？　ニコライが訊いた。

もうないね、と私は言った。

5　雨の中でつかまえて

今日の天気、あなたはすごく気に入るだろうな、と私は言った。彼にとって天候はまだ存在するのか、まだ感じとれるのか、それはどうでもいいことだった。私たちはよくお天気の話をしたものだ。本音のやりとりを避けるために天気はみだりに使われがちだけれども、そういう話題のすり替えではなかった。私たちが共有するものは何であれ、ずっと私たちのものだ。

雨なんだね？　ニコライが言った。

それに、どんよりしていて寒い。薄暗い。

ぼくが大好きな天気そのものだな。何かお菓子を焼けたらいいのに。

かぼちゃパイなら最高、と私は言った。会話に間を空けたくなかった。焼けたらいいのにという言い方をしたことを、私だけでなく彼も意識しているといけないから。「願えば望むことになり、望めば期待することになった」〔『分別と多感』第四章より〕――ジェーン・オースティンが二人の女性の愚かさを描写するのに使ったこの一行を、私は以前彼に見せたことがあった。

彼が言った。かぼちゃパイ？　平凡すぎ。かぼちゃモチのほうがいい。

日本的だね、と私は言った。かぼちゃモチのことは忘れていた。いま思い出したが、彼の友達の何人かが最初はそれをうさん臭そうに見ていたものの、結局はかなり気に入っていたと彼が教えてくれたのだった。お菓子作りをして作品が友達に配られると、それはニコライの人生の成功体験になった。クッキーやブラウニーを何度焼いても、パイやケーキをいくつ焼いても、もっと欲しいと誰かにせがまれる。彼の多くの友達が私に手紙をくれたが、全員が彼のお菓子作りのことに触れていた。学校がある日には子供は空腹なものだから、と私は思った。保護者ぶっちゃって、と彼が言った。

ああ、ある短編を授業で取り上げたばかりでね、「日曜日には子供は退屈」っていうその題名が好きだっただけ〔ジーン・スタフォード著〕。

子供は子供って呼ばれるのが嫌いなんだ。それに、これは空腹の問題じゃない。ママにはお菓子を焼く喜びも、焼いてもらう喜びも、絶対にわからないだろうね。かなり前に、私は自分の辞書からいくつかの言葉を消していた。絶対に。必ず。永遠に。それらはある日を別の日と同一視したり、ある瞬間を別の瞬間と同一視したりする言葉だ。時は気まぐれなもの。絶対にとか、必ずとか、永遠になどと言うのは、気まぐれに対する子供じみた推論の仕方だ。

ニコライが言った。いいよ。ママはわかりたくない――これでどう。これならいいわけ？

彼がお菓子を焼く日、私は不安になったものだ。完璧にできることはめったにない。何度か私は、料理のほうがもっといい――許容範囲が広い――趣味になるんじゃないかと提案した。でも彼は正しい指摘をした。一晩置かれるはめになった大皿料理を、皆でウィルフレッド・オーウェンやW・S・マーウィンを読んでいる教室に持っていくことはとてもできない。

ちょうどマーウィンの詩を送ってくれた人がいるよ、と私は言った。ニコライが亡くなってから、私は人々に詩を送るよう頼んでいた。詩はそれぞれの哀悼の響きをのせて、いろんな土地から鳥のようにやってきた。

それで？

彼はまだ詩が好きだろうかと私は思った。

大人は違うものを混同するまちがいを繰り返すね。W・S・マーウィンが好きだって？　奇遇だねえ——ちょうど私も彼の詩を読んだところだ。この前の夏、中国へ行った？　私も一九八七年に行ったよ。楽器は何かできる？　オーボエだって。そりゃおもしろい。あれに似ている楽器だね？　そうそう、クラリネット！　言いたいことがよくわかったね。

ニコライは、オーボエをクラリネットとまちがえる人たちが嫌いだった。一度、こんなふうに言っていたことがある。知らないのはいいんだけど、知ってるふりをするのは嫌なんだ。こんなふうに言い返してやったらどうかな。そりゃおもしろいですね。あなたにも頭と四本の手足があるから、きっとジョーンズかスミスなんでしょうね。

私は笑った。あいかわらず手厳しいね。

大人になったらこうなるんじゃないかって恐かった。ぼくは子供でいるのがどんなことか忘れないようにしようと心に誓ったんだ。

こうなるっていうのは母親の私のこと、それとも大人である私たち皆のこと？

大人っていう人種。ママはたいていの大人よりましだよ。

ありがとう。

だからって根本的に違うことにはならないから。

私もやっぱり失望させてるわけ？

悪く思わないでもらいたいけど、そうだね。

親が食べた塩は子供が食べた米よりも重い、と私の母親がよく言っていたのを思い出した。長く生きていることは……。私は考えがどこへ向かうかわからないまま、そう言った。

物事の大きな枠組みの中ではほとんど意味がない、とニコライが言った。

同意するよ、と私は答えた。その前日、私はある曲を聴いていた――彼は持っている曲を全部私の携帯電話に保存していて、それは聴くのに何日もかかるほどあった。「そして人生を、ただ長いだけのもので終わらせたくないのがわからないの」と私は口ずさんだ〔ミュージカル『ピピン』の「Corner of the Sky」より〕。

うなずけることを言うときもあるね、と彼は言った。

そんなちょっとしたほめ言葉で喜ぶのだから、おかしな話だ。私は、引っ越したんだよ、と言い、どう切り出せばいいかわからなかった話題を持ち出した。一週間前、私たちは借りていた仮住まいを出て、ニコライが気に入っていた家に引っ越したのだ。すべて問題なし、と私は言った。あなたがいないのが心からさびしいこと以外はね。

彼は口をつぐんだ。私たちがやりとりをどれだけ頑固に続けても、そこには言葉しかなかった。彼が私たちのために涙を流していたとしても、私にはわからない。私たちが流す涙は、彼にとっては具体的な記憶なので、天気みたいに理解しやすいだろう。

私は言った。キッチンは準備万端で、もう使い出したの。暖かくて明るいよ。あなたが好きなタイプのオーブンがある。私、お菓子の焼き方を覚えたほうがよさそうだな。

よかったね、と彼が言った。

彼がいらだっているのか、退屈しているのか、悲しんでいるのか、怒っているのか、わからなかった。いま私たちの間から、ものを言うときの口調がなくなっていた。口調がないと言葉は重みを失って漂い、お互いを見失うどころか、何の前触れもなく衝突する。

あなたに家を見せてあげられたらいいのに、と言う私は、きわどい水域で歩を進めていたのだ。でも、こういうことをするのが母親というものじゃないのか。最悪の事態を恐れつつ、いい結果になるよう望むこと。

家は見たことあるよ、と彼は言った。

他人の生活を演出する、他人の家具がある家はね、と私は思った。でも、そんなふうに考えてはいけない。ニコライは新居を思い描くとき、他人の家具を手がかりにしなかった。彼はキッチンと庭と自分の寝室の見取り図を作っていた。あなたも私たちと一緒にこの家に住むんだったらいいな、と私は言ったが、ごく控えめな言い方だったので、ふとよぎった考えにすぎないようでもあった。どうでもいいよ、と彼は言った。どうして。

ぼくたちの家であることに変わりないし。

確かに私たちの家にはちがいない。でも、滑り台とはしご《シューツ・アンド・ラダーズ》〔すごろくの一種〕の家でもあった。空白の壁やまだ中身を出していない段ボール箱がマス目を作っている。開けた段ボール箱からは、おさまる場所がない思い出が出てくる。まだ開けていない箱は、つまずかせて罠《わな》にかける力をとどめている。サイコロを振ろうと振るまいと、ほとんど違いはない。運で決まるゲームでは、運はすでに決まっているから。

いつからまぬけな類推《アナロジー》や的外れな隠喩《メタファー》をやたらと消費するようになったの、

とニコライが言った。

そっちは形容詞を使いたい放題じゃない、と私は文句を言った。

少なくともぼくが言ってることは一貫してる。形容詞について否定的な発言をしたことはないからね。でもママは類推や隠喩を軽んじてきただろ。

その二つが何のためにあるかわかってきたの。埋め草になるし気晴らしになるし、難しいことをわかりやすくするし、内容をちょっとふくらませることさえある。それに理解の近道にもなりうるよね。ほら、はしごみたいに。

三流の作家になってきたね。

そんなことどうでもいいの。下へ引き返す滑り台より、はしごが多いゲームのほうがいい。

三流作家になることで抗議してるんだったら、すごくよけいなことなんだけど。

死ぬのもすごくよけいなことだよね、と私は言った。

あのさ、人は必ず死ぬんだよ。遅かれ早かれ。

必ず、ずっと、絶対に、永遠に——彼も私ぐらいの年まで生きたら、こういう言葉を捨てただろうか。

私は言った。三流作家は山ほどいる。そのうちの一人になって何がいけないの。かんしゃく起こしてる子供みたいだな。チョコレートがない。なんでチョコレートをもらえないの。そんなのずるいから、もうコートのボタンの留め方なんてわからない。ずるいから右足に左の靴を履いて、左足に右の靴を履くしかない。それからつま先が痛くなるまで地団駄踏むしかない。それで指の関節にあざができるまで壁を殴らなきゃ。それから、つまずいて転ぶように目をつぶらなきゃ。

私が子供の頃、自由にかんしゃくを起こしていいのは大人のほうだったのだが、このことはニコライに言わなかった。

それでもチョコレートは手に入らないんだ。おお、かわいそうにねえ。

あなたはただのチョコレートじゃないでしょう、と私は反論した。

ぼくもそのぐらい頭をおかしくして、隠喩や類推を互いに投げ合ってもいいよね。

もちろんどうぞ。

それじゃ、何。

私は降参した。言い合いになると、私はのろまだった。

じゃあね、ぼくたちは雨の中でつかまえる人たち《キャッチャーズ・イン・ザ・レイン》になる。

寒くて濡れて、靴の底が滑りやすくて指がかじかむのに、何をつかまえられるの。経験を積んだ親なら誰もがつかまえる達人だよ。転びそうな赤ん坊、宙返りするスプーン、食べかけのバナナやリンゴ、熟しかけたジュズサンゴの実なんかを。壊れるものも壊れないものも、すべて親の守備範囲に入る。でも、こんなどんよりした雨の朝に何をつかまえられる。あなたの顔にほほえみはなく、あなたの目に光はなく、青い猫も紫のペンギンも風に舞う塵もない。そしてあなたの耳にささやきかける思いつきもない。その思いつきがやかましいものだから、世界中の音楽がかき消されてしまったんだね。ねえ、私はいま何をつかまえればいいの。何もかも見えなくなったっていうのに。

言葉だよ、お母さん。ぼくたちはお互いの言葉をつかまえるんだ。わからない？

6 好個の秋なり

今日の調子はどう、と私は言った。無意味な質問だが、悲しみに沈んでいたので、もっとましな切り出し方を考えられなかった。

ニコライが言った。どうして皆会話を始めるとき、今日のあなたは誰って言わないのかな。その人が何者かっていうのは、調子がどうかよりも大事だと思わない？

あなたは誰かなんて、なんだか無遠慮だよね。

調子はどう――これだと無遠慮じゃないの？　もし本当に答えを知りたがったら、それも無遠慮だよ。

あなたは誰。私はその質問を頭の中で繰り返してから言った。皆自分が誰なのか、ありのままに言うなら苦労するだろうね。というか選択肢がありすぎて、一つだけ言って他の二十を無視するのが難しい。

木があったら、ママは今日の調子はどうって言う？　風が強い日だから、別によくも悪くもないよって木は思うかもね。でもこう答えなきゃいけないんだ。元気です、ありがとう、あなたは？　いや違うな。木があったらママはこう思うんだ。木がある。

人は木より複雑だもの、と私は言った。

ぼくたちはそう思いこんでるけどね。じゃあ、今日のあなたは誰。

あなたの母親。

ほら、すぐに苦もなく答える。

でも他の人から訊かれたら同じ答え方はしないだろう、と私は考えた。

ニコライが言った。他の人から訊かれたら何て言うんだよ。たとえばカフェに行って、カウンターの男の人にあなたは誰って言われたら。

こうかな——たいしたことのない人間《ノーバディー》です。

ずいぶん想像力豊かだね。

問題はそこ。あなたは誰っていうのは、私たちに代わってすでに詩人が問いかけて答えた質問なんだよ。

あえてもっといい答えを考えてみない？

あなたは誰、と私は尋ねた。

ぼくはたいした人間《サムバディー》です。ものすごく《ライク・ノーバディーズ・ビジネス》。

しかも抜け目がない《ノーバディーズ・フール》、と私は言った。

ぼくは誰のせいでもない《ノーバディーズ・フォルト》、たいした人間《サムバディー》です。

私はたいした人間《サムバディー》と、たいしたことのない人間《ノーバディー》の間にどんな違いがあるのか考えた。固体の物理的な形状を持つ人間は、何らかの肉体《サム・バディー》をいやおうなく持つことになる。そうなると、たいしたことのない人間《ノーバディー》、つまり肉体を持たない、という発言は誤った主張になる。

皆にとって誤った主張でも、ぼくにとっては違う。その否定の言葉をぼくなら主張できるから。ぼくは肉体を持たない。たいしたことのない人間になるつもりはないけど。

ニコライが亡くなってから七週目だった。仏教の伝統では、魂は四十九日を過ぎてからこの世を去り、あの世へ向かう。私はこの世もあの世も、魂がある人とない人がいるというのも、故人が生きた体では得られない強烈な感覚を保っている四十九日の期間があるというのも、信じていなかった。それでも、もし明日彼がここからいなくなったらどうしよう。もし明日、私が話しかけても誰も答えてくれなかったら。

何言ってるんだよ。ぼくがここにいるかどこかにいるかは、ママが信じてもいない何かの伝統で決まるわけじゃない。

恐さからは理性も論理も出てこないの、と私は言った。

不合理なのは恐怖症だろ。恐さを感じながらも理性的かつ論理的でいることは可能。

私は自分が感じる恐さの数をかぞえてみた。それを列記して、各項目の横に理性的かつ論理的でいる方法を書いておいたほうがいいんじゃないか。

とにかくさ、日々とはぼくにとって何なのか。いまや今日の次も今日で、その次も今日でもおかしくないって考えたことある？

私は考えてみたが、それも恐いことだった。昨日、今日、明日という時間の配列から引っ張り出された人は、水から出た魚みたいになるのだろうか。

水から出た魚か。ほんとにさ、ママ、最近陳腐な言葉をよく使うね。しかも的を外してる。

いっそ世界中の陳腐な言葉を集めて、自分のために生ぬるい池を作りたいぐらい、と私は思った。

ちんたらしたニシキゴイっぽい感じで泳ぎ回れるように？　彼が言った。

私は彼の意地悪な想像に抗議した。

魚は三秒しか記憶できない、と彼は言った。

それは何度も聞いたよ。

こういうのを、その瞬間を生きるっていうんだ。

私は身震いした。

彼は言った。わかる。皆、いつもこう言うんだよね。その瞬間を生きなきゃいけないって。なんでニシキゴイみたいに生きるのか、訊いてみたいとよく思ってた。

きっと私も、彼にそう言った人たちの一人なんだな、と私は思った。

そうなんだよ。でも十ドル賭けてもいいけど、ママはそれを自分で理解すらしていないね。

五ドルにしない、と私は訊いた。私たちはいろんなことでよく賭けをしたものだ。ニコライは私の借用書を山ほど溜めこんだ。

七でどう。

いいよ。あなたの勝ち。私はそれを理解していないし、信じてもいない。

親は皆、真実をはぐらかす言い方の達人なわけ？

いい親ならそうだと思うけど。私は違う。

なんで違うの。いい母親なのに。

あなたをとどめておけるほどいい母親じゃなかった、と私は思った。

でもぼくはいま、この瞬間に生きてるよ。

この瞬間。いつまでも今日が続く人生。もしいまの彼にそれしかないなら、私もそうなのだろうか。

言っちゃ悪いけど、ぼくに何があるかはママに何があるかと関係ない。なんで肉体を持たない《ノーバディー》人間に賭けをするの。何が欲しいのかは、自分で決めたほうがいいよ。

私は思った。それはもう決まっている。これまでずっとそうだった。私が欲しいのは、いつでもニコライがいる昨日と今日と明日。

ぼくは多くを望みすぎるって、よく文句を言うくせに。

私が欲しいものはどんな親でも望むでしょうね。

そうとはかぎらないよ。

まっとうな親なら誰でもそう。

その主張は成り立たない。まっとうな親でもなお望みすぎることがある、だろ。

でも、時間をもうちょっと長く望んだだけで、なぜ望みすぎだと言われるの。言い合いに負けるかもしれないのはわかっていたが、私はそう言った。人生のうち五年なら少しだとみなされる？　十年なら？

時はお金みたいなものなんだ。持ってもいないものを費やして借金をするのはよしなよ。

私は彼が春になったら受けることになっていた、個人資産管理の授業のことを思い浮かべた。彼はそれを楽しみにしていた。どんな状況であれば信用貸しで明日を借りられるのだろうか。

どんな状況でもだめだよ。時間は返済するのが難しい借金なんだ。不可能なんだ。

どうしてわかるの。

ぼくは返済したからさ。

それは彼が明日を過剰に借りていたということか。私は幼い頃の彼が早熟だと言われるたび、たじろいだことを思い出した。

いつも言ってたよね。辛抱しなさいって。ぼくは何度も思ったんだ。わかった。今回だけは信じて待ってみよう。そうしたら状況が変わるかも。違う気分になるかも。

たいていの人はそうするんだよ。

たいていの人は破たんを認めたがらなくて、それでもっと多くの明日からもっと信用貸ししてもらっているうちに、借金の深みにはまっていくんだろうね。

それを辛抱と呼ぶとしたらどうする、と私は言った。

私は辛抱強い人間ではなかった。ニコライもそうだった。辛抱《ペイシャンス》の由来はラテン語の「苦しむ」または「苦しみ」だ。時間に痛みを、痛みに時間を結びつける言葉は、他に何があるだろう。

郷愁はどうかな、とニコライが訊いた。

郷愁《ノスタルジア》とは、「わが家」＋「痛み」だ。彼は郷愁を感じたことがあるのだろうか、と私は考えた。

ぼくは家を出てないよ、ママ。

それでも、苦しみを先延ばしにする方法を教えてあげればよかった。

自分がわかってなかったら、ぼくに教えられないじゃないか。

私は思った。親の愚かさとは、自分にないものを子供に与えたがることだ。親はドン・キホーテのように非現実的にならずにはいられない。私はドン・キホーテという言葉から、ここ何週間もずっと忘れていたことを思い出した。ニコライが亡くなった日、その事実を知る前に長距離運転をしながら「ドン・キホーテ」〔R・シュトラウスの交響詩〕を聴いていた。私は車の中で一人で笑っていた。それからもときおり笑うことはあるけれど、車の中の——非現実的な——あの笑いは二度とできないだろう。

言い合いにまた負けたからしゃべらないの、とニコライに訊かれた。彼に涙を見られずにすむことには、妙な安心感があった。彼は生まれてから三回しか私が泣くのを見たことがない。

ううん、ただ悲しいだけ、と私は言った。

いまだに？

いまだにって？　ときどき悲しすぎて頭が変になった気になるよ。

自己憐憫の暴走って感じ、と彼は言った。

私は自分の言い方を振り返った。確かにそうだ。節度を欠くだけでなく不正確でもある。爆発した火山のように人を支配する悲しみを、死産の赤ん坊みたいに動かない、内にこもった悲しみと同じようにみなすことなどどうしてできるだろう。深い悲しみは波のように行きつ戻りつするという話だけれど、私は防波堤ではないしボートでもないし、岩だらけの海岸に置かれて耐久性テストを受けている彫像でもない。

言い方を変えるね。ときどき悲しくて書けなくなることがある。

感じることができるのに、なんで書くの、と彼が言った。

どういう意味。

ものを書くのは感じたくないか、感じ方がわからない人たちがすることだとずっと思ってた。

じゃあ読むのはどうなの、と私は尋ねた。ニコライは優れた読者なのだ。

それと逆の人たちがすること。

もう何週間も読書がろくに進まなかった。本を手に取って一、二ページ読み、力づけてくれる何かをほとんど見つけられずに、また置く。でも、私は書いていた。ニコライと語り合う物語を作っていた（いまや物語以外のどこで会うことができるだろう）。

ぼくが言いたいこと、わかった？　ママは書かないではいられない。たとえ下手でも気にもかけないんだ。

それは私が悲しみたくないから、それとも悲しみ方がわからないから？

その二つに違いなんてないよ。人が自殺するのは生きたくないから、それとも生き方がわからないから？

私は何も言えなかった。

ママと言い合いをするといつも勝つのはぼくのほう――気づいてた？

私の主張がもっと上手だったら、この世にもっと長くいてくれたのか。彼にこの質問はしなかったが、それは悲しみのように常に存在していた。

質問する代わりに、中国語から翻訳した詩を彼に読んで聞かせた。私はこれを十二歳になったときにそらんじたのだが、いま初めてわかりかけていた。

若いときは悲しみの味など知らなかった。
しかし好んで高楼に上った。
私は好んで高楼に上り、
新たな詩を作って、無理に悲しみを装った。
いま私は悲しみの味を知り、
それを語りたいと思うものの、やめておく。
私は語りたいと思うものの、やめておき、
ただ言う。薄寒い日だ。好個の秋なり。〔南宋の辛棄疾による「醜奴児」より〕
いま好個の秋？　彼が尋ねた。

うん。しかも薄ら寒い日。

7　窓の数だけいろいろな花

夢日記をつけ始めようかな、と私は言った。前の晩、私はよく眠れなかった。朝目が覚めたとき、ニコライが夢に出てきたのはわかったが、そんな気がするだけで時間も場所も彼の顔もおぼろげにすら残っていなかった。

始めたいなら始めれば、と彼は言った。

あなたは夢日記をつけるのは好きだったの、と私は尋ねた。ニコライはしばらくの間、夢日記をつけてみたことがあった。それはパソコンのファイルの中にある。私たちが取り出すのをやめようと決めた、数あるファイルのうちの一つだ。

ちょっとはね。なんでつけたいの。

言うまでもないでしょ、と私は思った。

ぼくにはよくわからないけど。

彼が出てきた夢を覚えておきたいからだと私は言った。

ぼくと話ができるのに、なんで覚えておきたいんだよ。どっちにしろママの夢は、優柔不断《ウィッシーワッシー》。

私たちが共有するものが、夢よりも現実的であることには何の疑いもなかった。とはいえ、お互いに伝えられるのは言葉だけだ。相手を見ることはできない。でも、もし夢に優しさがあれば、見たいものを見せてくれるだろう。

それは夢に終わるな、と彼は言った。

ここ数週間で一度だけ、はっきりと彼の姿を見た——他の夢はどれも昨夜の夢と同じように、人間の脳の気まぐれに呑みこまれてしまったのに。それは彼が亡くなってから数日後に見た夢だ。その中で、私たちは病院へ彼を迎えに行った。私たちが待っているところには床に方位磁石があり、建物の四つの棟すべてを指していた。そこでずいぶん待ってから、あたりの多くの人々が車椅子で動き回る中に、彼の姿を見つけた。彼はこちらに歩いてきた。私がよくアオサギを連想する、悠然とした物腰で。でも、そばに来る前に私はまばたきをし、彼は消えてしまった。

あーあ、と彼が言った。

何。

できすぎ。都合よくできた夢っていうのは、要するに自己満足の問題なんだよね。

ニコライは私に似て早起きだった。こっち来て、ママ。私が起きているのを聞きつけると、彼はそんなふうに呼んだ。その口調は三歳から十六歳まで変わらなかった。コーヒーがいるし、朝の読書をしなきゃ。でないと話ができないの。私はよくそう答えた。それでもこっち来てと言ってきかないので、彼のベッドに腰を下ろす。すると彼は掛け布団にくるまって春巻みたいになった。それから、昨日の夜、夢を見たんだ、と話し出す。彼が見るのは走ったり飛んだり、瞬間移動したり変身したりする夢だった。でも中にはいくつか、私にとってとてもうれしい夢や悲しい夢があったので、言葉どおりに会話を記録しておいた。

これは中学生のときの夢だ。

すごく疲れる夢を見たんだ。ある朝、私がそばに座ったとたんにそう言った。夢の中でぼくは負の数になっててね、自分の平方根が計算できなかった。

無理もないよ。虚数を学ぶまで待ってなさい。

ママ、ぼくはばかじゃないよ。虚数は知ってる。でも、あの面倒くさいiってやつを使うのが嫌なんだ。

（一度、その夢の話を借りて講演を始めたことがあった。ニコライは誇らしげだったが、弟のJは不満を示し、隠喩《メタファー》ができすぎだと言った）

これはもっと前の夢だ。ニコライは五歳だった。彼はある日、前の晩ではなく数週間前に見た夢を教えてくれた。私に話せるようになるまで、数週間かけてその夢のことを考えていたのだ。

夢の中でね、ママがミニバンを運転して坂を上がって、マリの家の近くに停めたの。そうしたら、ママが死んだんだ。そこに座ったまま。それでミニバンの上に花がいっぱい降ってきて、覆いかぶさるの。そうしたら全部があんまり本物っぽくなくなって、油絵みたいになった。それで目が覚めて、ずっと涙が止まらなくなって、眠れなかったんだ。

こちらは最近の夢だ。彼が亡くなるまで、あと二ヶ月もない頃である。

昨日の夜、ぼくたちが旅行してる夢を見たんだけどさ。保安検査場をとおってたら、運輸保安局の係官がJとぼくに、君たちの荷物運びに成績をつけるって言ったんだ。そこでママがぴしっと言い返した。タンポポをタンポポ化しないでよって。

それ、どういう意味。

わからない。ママは言い争うためにその場で言葉を編み出したんだな、頭がえらく切れるなって夢の中では思ってたけど。

タンポポをタンポポ化しないで、といまの私が言う。昨日、その台詞を使って学生を叱りつけそうになった。

ぼくの夢から盗作するなよ。

してない。その代わり彼女には厳しいお説教をしたから。

その人、叱られるようなどんなことをやらかしたの。

彼女はね、まじめくさるのは嫌だし、ばからしい話を書いて登場人物を笑えるほうがいいって言うの。

若いうちは、ほんとにばからしい妄想をしていられるんだよね、とニコライは言った。

あなただって若いじゃない。

その学生の若さとは違うんだよ。

あなたの妄想はどんなの。

生きるには、全員が何かの妄想を持ってないといけないの?

死んでもいいという気になるには、何かの妄想を持っていないといけないものなのだろうか、と私は考えた。

そこには根本的な違いがある。死ぬのは一度きり。彼が言った。

それで妄想は終わり？

妄想が消えるという意味なら違う。終わらない。まだあるんだよ。ただし、それはもう妄想じゃなくて現実なんだ。

生きている人間にはあてはまらないの？　あなたは妄想を現実とみなしてる？

生きているときに妄想が満たされることはない。

虹の彼方《かなた》みたいに？

おっと、最近はほんとに自分らしくない言葉で考えてしまう、と私は思った。

大丈夫、気にしてないよ、と彼が言った。

私は五年前の早春の日を思い出した。ニコライと弟を海辺の町に連れていった。昼食後、私たちは腕を組んで次の角までずっと歌をうたっていた。「魔法使いに会いに行こう。オズの素敵な魔法使いに」

覚えてるよ。ぼくたち、そうとうばかっぽく見えただろうな。

幸せそうに見えたんだよ、と私は言った。行楽シーズンではなかったし、三人の年を足してもまだ地元住民の平均年齢を下回っていた。道で会う人々は私たちが腕を組み、振付どおりのステップを踏んでいるのを見てほほえんでいた。でも私は彼らの想像とはかけ離れた状態にあった。この年、私は崩壊していた。生きがいにできる妄想を、ほとんど見つけられずにいた。

ママって、少なくとも皆に幸せそうに見せるのを忘れないね。あなたもね。

ぼくはママほどうまくできないよ。

後に彼の友人たちがくれた手紙には、彼は心が温かくて陽気で幸せそうな人に見えたと書かれていた。どうして彼の苦しみに気づかなかったのか、どうすれば彼を救えたのか、と問いかける子も数人いた。友達の前ですら――もっとも親しい相手には特に――偽りの見せかけをまとわなければならない人たちはいるものだ。でも私はこのことを、傷ついた若い子たちに説いて聞かせることはできなかった。

ニコライが言った。生きるには妄想を増やさなきゃいけないんだ。一つじゃ足りない。二、三でも足りない。

いくつなら足りる。

ぼくに訊くの？　生きてるのはそっちのほうなのに。

盲目の人に道を訊くようなものだよね。私は中国のことわざを翻訳してそう言った。

考えてみたら、それって無意味だね。盲目の人のほうが道に詳しくないともかぎらない。

じゃ私はここからどこへ行けばいい？

えっ、問題なく進んでるじゃないか。

知らなかった。私は問題ないようには感じなかった。私は妄想を一つしか持っておらず、それを意志の力をふりしぼって手放さないようにしていた。こんな妄想だ。私たちはかつてニコライに血と肉を持つ命を与えたが、私はそれをもう一度やっている。今度は言葉によって。

彼が言った。戦術としてはね、妄想を種々雑多にしておくといいんだ。卵を全部一つの籠に入れるな、みたいなことだな。

彼が陳腐な言葉を使ったことを、私は指摘せずにはいられなかった。

どうだっていいだろ、と彼は言った。

ごめん。やっぱり教えてください。

ああ、リスと同じことをすればいいんだよ。穴を掘って、そこに妄想を少ししまっておいて、それから別の穴を掘って、またしまう。一部は今日のため、一部は明日のために。熟すのに数ヶ月かかるものもあるから、かびないように湿気を防ぐこと。誰かが偶然踏みつけたり、掘り出して盗んだりしないように立入禁止にすること。辛抱すること。将来の成果のために目先の欲求を抑える力が、妄想の人生を成功させる秘訣なんだ。それで運がよければ、妄想の種が自然に撒き散らされたり、どんどんはびこったりすることもある。タンポポみたいに。

私をからかってる？

そういうこと。誰も妄想のもとで生きる方法なんて教わる必要ない。眠りみたいなものなんだから。

不眠症っていう病気があるけど。

不眠症患者だって眠るだろ。

効率よく眠るわけじゃないよ。不眠症患者はそれで苦しんでるんじゃないの？　質のいい眠りを得られなくて。持ちこたえるのがやっとで。

ぼくはしょっちゅうママに完璧を追い求める気をそがれるから、こう言いたい。ママ、ひたすらがんばって平凡な妄想家に甘んじてなよ。

私は平凡な妄想家でいることは可能なのか考えてから、こう言った。妄想家は形容詞をともなわない気がする。妄想家かそうじゃないかのどっちかで。

文法は知ってるだろうけどさ、どんな名詞にも形容詞をつけられるんだよ。

私は形容詞に対する彼の確信をおびやかすような例はないか、思い浮かべてみた。まどろこしい木、高慢な影、夏らしい忘我状態、わずらわしい結尾。

彼が言った。能のない言葉の、言いようのない毒気。言葉で凝り固まった精神の肥大のことは何ていうのかな。

私は形容詞から離れていられるかぎり混乱せずにいられるの。

なんでそんなに形容詞が嫌いなの。

決めつけるものには何だって抵抗するよ。形容詞は独断的な言葉でしょう。うれしい、悲しい。長い、短い。元気がいい、生気がない。若い、古い。いちばん簡単な形容詞ですら、こんなふうに決めつける権利を主張する。言うまでもないけど、比較級と最上級っていうあの乱暴な形がついてくるし。

ぼくの意見は違う。名詞は壁で、形容詞は窓。

私は笑った。

何がおかしいんだよ。

あなたの鋭い明言に形容詞が入ってなかったから。

わかった。これならどう。名詞は自己破滅的な壁で、形容詞は頑固な窓。

どう自己破滅的なの。どう頑固なの。私はニコライの部屋と呼んでいる部屋の、窓辺に座っていた。外にはまどろこしい木々が並んでいて、季節が命じるように葉を落とさず、雨樋の掃除人をとまどわせていた。カリフォルニア州の前の家には大きな窓があり、一年じゅう緑の木々に囲まれていた。ニコライはそこで夜、ヴィヴァルディの「四季」を聴いていた。この新居の外には、はっきり区別できる季節がある。でも彼は四季の記憶を経験からではなく、音楽から得たことしかなかった。

ママの頭が自己破滅的っていうときの自己破滅的。ぼくの頭が頑固っていうときの頑固。

ずいぶんはっきり言うじゃない。私の頭は壁に閉じられた部屋じゃないよ。

ぼくの頭のほうが窓が多いんだ。

あなたの窓の外には何がある。

ママには見えないありとあらゆるいいもの。

どんな。

形容詞の最上級の庭。生き生きした副詞を敷き詰めた小道。主題のない詩。題名のない曲。名詞ではないものとして生きる方法も、名詞の中ではないところで生きる方法も、他の名詞に交じらずに生きる方法もあるんだ。

でも生きる者の居場所を作っているのは、この世のすべての名詞だ、と私は思った。生きる者は四つの壁に囲まれた空間を必要とする。

ママの部屋の外には何がある、とニコライが訊いた。

私は窓の向こうを眺めた。前の晩、夕食を作りながらふと気づいた。以前のように窓を開けて月桂樹の葉をちょっと摘むわけにはいかないことに。いま手に入る月桂樹の葉は、小さなガラス瓶に入れられて食料品店の棚で売られている。

花、と私は答えた。冬が終わったらね。

お見事だよ、ママ。花は平凡な妄想家を生むんだ。

8　完璧な敵

私たち昨日、かぼちゃのパイを焼いたの、と私は言った。ニコライはすぐに返事をしなかったが、聞いているのはわかっていた。あなたのパイほど見栄えはよくないけど、おいしかったよ。

感謝祭の翌日だった。私たちは、家族として祝いごとをするのが得意ではなかった。ニコライが幼稚園にいたとき、先生と話し合いを持ったことがある。私たちは子供たちから聞き取りをおこなったのですが、ニコライの話だとあなた方はたくさんのことを祝うけれども、何も真剣にはやらないそうですね、と彼女は言い、家に伝わる文化は子供にとって重要なものです、と力説していた。

他の日より特別な日があるのか。それとも、日に名前をつけたり意味を与えたりするのは日が無関心だからであって、薄情な相手によくするように、日からなけなしの愛情を手に入れようとしているのか。こうした疑問は深刻なものではなかったが、結果として私は誕生日や主要な祝日をいいかげんな態度で迎えていた。その他の日々は——記念日、母の日、父の日、バレンタイン・デー、中国の旧暦における数々の祝日は——というと、単に私たちが生きる日々でしかなかった。

それでも、ニコライがいない初めての祝日が恐かった。彼は祝日の前後によくお菓子を焼いていたのだ。今回は自分たちでパイを焼くしかない、と私は心に決めた。

彼がお菓子を焼くのは、宿題があまりない日と週末だった。彼はずっと焼いていた。でも私たちがずっと、、を再現することなどできるものじゃない。彼のお菓子作り用の棚には、バターやクリームやはちみつやシナモンやバニラやナツメグやクローブなどの広口瓶やボトルがずらりと並んでいた。プルーストだろうと誰だろうと、それらにカリフォルニアの冬の雨と濡れたユーカリの葉の香りが混ざり合った、ぬくもりあるかぐわしさを言葉でよみがえらせることはできないだろう。香りを不滅にする発明はまだでしたね、エジソンさん。それがないと、私たちの記憶は不完全なのに。

ニコライが言った。でも、とりあえず世間をますます氾濫させずにすんでるのは確かだな。写真やホームビデオがあれだけあるんだ。匂いや味が伝わるインターネットなんてあったらどうなるか、想像してみなよ。

死者は去る者としての強みを持っている。遺された者には、何かすがりつけるものが必要だ。でも、このことは口にしなかった。私だけはその主張をすべきではない。引っ越しの後で荷をほどいていたら、自分がどれだけ思い出を残すのが下手な人間か実感した。何年か分の学校写真は出てきたけれども、他の年の写真はなかった。特大のアルバムは、一ページ目にしか写真が貼られていなかった。妊娠二十二週目のニコライの超音波画像だ。『タンタン』はニコライが幼稚園のときに気に入っていたシリーズだが、その全巻セットは散逸して一部が見つからなかった。何年もそばにあった『スヌーピー』の全巻セットもそうだ。そのセットのうち私が見つけた何冊かは、彼が人生最後の日々に読んでいたものだ。

人の欲はきりがない、と私は言った。

強欲でいたいんだったら、見識ある強欲さを持つようにしてよ。

私たちは私たち、と私は言った。虚ろな台詞だが、最近よく使っていた。まるで虚ろになった心の痛みを、軽くできるとでもいうように。

その台詞が何を意味していようとね、と彼が言った。

何も意味しないよ。何の意味もないことを言うのは、あなたがまだ学んでいない技術なの。

学ばなくていいのがうれしいよ。

意味のないことを言うのは、何かが変わったかのように自分をだます新たな方法になっていた。何も変わっていないというのに。彼にとっても私にとっても、時間は止まったままだった。

で、もう落ち着いたの、と彼が尋ねた。

私は思った。落ち着くって何に。彼がいない日々に？

家にだよ。

私たち、大きな莢《さや》に入ってる三つの小さな豆みたいなんだ、と私は言った。

私は前の週、ニコライなら残った私たちを足した以上にうまく居場所を作れる、と友人に話した。私たちは彼がいるこの家の暮らしを思い描いた。彼のクッキーやケーキがオーブンで焼けていて、彼の花が庭に咲き、彼の音楽が家に響きわたっている。彼が家を出るにしろ戻るにしろ、その意志が尊重される。勝手に出ていっても自由に戻ってきてもいいというのは、私たちが彼のために何より望んでいたことだったから。ママ、ぼくは七十三歳になるまで一緒に暮らすからね、と彼が言ったのは三歳のときだった。ううん、あなたは考えを変えるよ、と私は答えた。その後まもなく、まだ四歳にならないうちに彼は考えを変えた。ぼくはいつでも出ていける、と言うのだ。私は、ううん、まだ小さいからね、と答えた。彼が言った。新しい家にルールはないんだ。何もなさすぎる空間に落ち着いたっていい。片づいてる気分になるじゃない。

何もないのは散らかってないのとは違うでしょ。

じゃあ散らかしなよ。clutter《クラッター》〔乱雑〕、clatter《クラッター》〔騒々しさ〕、clot《クロット》〔塊〕、cluster《クラスター》〔房〕。その言葉のどれ一つとして、彼が残していった虚ろから私を解放してくれない、と私は思った。

遅かれ早かれ落ち着くよ。たとえ不本意でもさ。彼は言った。

私はsettle《セトル》〔落ち着く〕という言葉の語源を調べたことがないのにふと気づき、調べてみた。そして彼に読んで聞かせた。*setl*「座席」、それから*setlan*「座る、静止させる、静止する」という古英語に由来。子供を亡くした後の親の心が、静の状態を見出せるものなのか。

その質問をするのは私のほうかもしれない。あなたはもう落ち着いたの？　私は言った。

底に沈むようなことを意味するんだったら、そうだね。すっかり落ち着いた。沈殿した。

沈殿したのは何なの。

ぼくをめぐる、心をかき乱すようなことのすべて。いまは澄みきってる。混じりけなく完璧なんだ。望みどおりにね。

もう何も沈殿を乱しに来ない？

そうなる確率がどれだけあると思う。

私は悲しいのかほっとしたのか、ほっとしたせいでますます悲しくなったのか、わからなかった。

だからさ、そこがママの問題なんだよ。形容詞をうまく使いこなせる力がないと、感じ方がわからない。

わかりたくないのかも。

だったら、なんでぼくたちは話をしてるの。

私は感じ方を知るためにあなたと話してるんじゃないよ。

じゃあ、なんで話してるの。ぼくを生かしておくためとか、そんなばかげたことは言わないよね？

私はレベッカ・ウェストの『この現実の夜』という本のことを考えた。ニコライの死後、何日も何週間も、この題名をよく頭に浮かべた。知らせを聞いた瞬間から、もっとも冷たく暗い真実が私たちに降りかかってきたことを、私は露ほども疑わなかった。この現実の夜は私たちの人生の一部であり、これからも永遠にそうなのだということを。

あなたにとっても私にとっても幸いなことにね、そんなばかげたことは信じてない、と私は言った。

よかった。

でもね、Jと私であなたの思い出ノートを作る。

おいおい。

あの子の精神分析医に勧められたの。彼女の言うことは一理ある。記憶は色あせるから。

色あせるようなものは色あせてもいいんじゃない?

消せるものは消したらどうかってこと?

そうだよ。どっちみち人生のすべては色あせるか、消えてしまうんだ。

あなたの言うことは正しいんだろうな、と私は言った。

もちろん正しい。正しいから絶対あてにしていい。

一瞬、彼が生き返ったと思いこみそうになった。彼の声が聞こえた。あてにならない私たち大人をよく笑う、その声や口調が聞こえた。

もしかしたら人間の歴史は、色あせて消える運命に抗いたいという欲望に動かされているのかもしれない、と私は言った。

よくそんなあほらしいことを仰々しく言うよね。ママが頭よさげに話そうとするとむかつく。

でも、とにかく思い出ノートは作る。

止めても無駄？

あなたがしたいことをするのを、私が止められないようにね。

わかった。

これ以上いらだたせないために言うとね、この企画にはうってつけのノートがあるの。

引っ越し荷物を開けているとき、彼が五歳のときにつけ始めた古い日記帳を見つけた。扉ページには『六十年のニコライ』という題名が書かれていた。彼は二週間もしないうちに書くのをやめてしまったのだが、十一歳のときに二度書きこんでいる。一度目は「ごぶさたしててごめん！」で始まり、二度目は元日の四日後で、「おそくなってごめん！　明けましておめでとう！」で始まっていた。あーやばい。覚えてるよ。その頃はさ、本の題名は何年かの何かでないといけないと思ってたんだ。全部『千年の祈り』のせい。

六十年のニコライか、と私は思った。私たちにはその六十年のうち、十六年しかなかった。感傷的《センチメンタル》な気分になってきた。数字が私を感傷的にし、カレンダーが私を感傷的にし、物が私を感傷的にする。たとえば短距離用スパイクシューズ、テニスのラケット、譜面台の楽譜、カリフォルニア・ポピーの小さなアクリル画、中綿がすっかりなくなり――私が破れたところを縫い合わせてもやせてたるんだままの――キリンの子のぬいぐるみ、山高帽をかぶった紫のペンギンの版画。それから時間が、私を感傷的にした。昼と夜、分と時間、永遠になってしまいそうな瞬間が。

sentimental《センチメンタル》からtime《タイム》を抜いたらどうなる、とニコライが尋ねた。

どういうこと。

残るのは、わけのわからない言葉。私はにぶかった。Jが私を侮辱するこんな冗談を言っていたとニコライから聞かされたことがある。ママ、にぶい《デンス》ね。すごく高密度《デンス》だから、もしブラックホールのそばに行かせたら、ママがブラックホールに吸いこまれるんじゃなくて、ブラックホールがママに吸いこまれるね。ニコライが言った。単語の話だよ。sentimental《センチメンタル》の真ん中にtime《タイム》が入ってるって知ってた?

私はどちらの言葉も調べ上げた。語源的にはたいした意味がないんだね、と私は言った。

どんだけ頭が固いんだよ。本当にその思い出ノート、作る必要ある? どんなものになるか察しがつくよ。こっぱずかしい。みじめ。屈辱的。あなたのほうがずっと上手にそのノートを書けただろうね。でも、私はそれを口にしなかった。この時点で、だっただろうという可能性はたくさんあった。どの可能性についても道をたどるように先を想像できたが、結局はどこにもたどり着かず、疑いと悔いの間のどこかで終わるだけだ。それは私が足を踏み入れないことにしている迷路だった。ここにとどまるほうがいい。自己満足に浸る誘惑にそそられたり抗ったりしながら、入口あたりでうろつくほうが。

自己満足っていう言葉、ほんとに嫌だな、とニコライが言った。でも、あなたのことを言ってるんじゃないよ。私は自分以外の人を自己満足だなんて言ったことない。

それだってある種、自己満足なんじゃないの？

望ましくない性質を通じて自己を発見することになっても、確固とした自己がないよりはまし。

たとえ望ましくない性質が想像にすぎなくても？

想像は現実があげる凧。もし現実がつかんでいる紐を切ったら、想像なんてありえない。

お高くとまっちゃって。それがママの秘密なの？

私の何の秘密。

自分でいることの秘密。

それはあなたの母親としての自分、それとも私自身としての自分？

じゃあ違いがあるんだ。どうなんだろうってよく思ってた。

親であったり子供であったり、友人であったり敵であったりするのは、やめることができる。生きるのをやめることもできる。でも、自己は自己であることをやめられない。死ですらそれを変えられない。死は私たちから多くのものを奪うけれど、自己は奪えない。死は克服できないものではない。

ぼくたち、その自己ってものを深刻にとらえすぎてない？

もちろんそう。深刻にとらえすぎて、死ですらこの自己の前では影が薄くなる。

その自己ってやつが、ぼくは大嫌いなんだ。

でもあなたが持っている自己は……どんな形容詞を使うべきなんだろう。何を言っても陳腐になる。

いまこそ動詞の時制に正確でないとね。ぼくは自己を持っている、持っていた、持つだろう？

自己は時間を超越する。無時制だよ。私は言った。

でも自己には欠陥があるね。

欠陥がない人が一人でもいたら教えて。

そんなこと言ったってだめなんだよ、ママ。わかってるくせに。

皆が完璧であるように求めることはできないの。

皆のことは完璧じゃなくても許せる、と彼は言った。

でも自分のことは許せないってわけ。

許そうとしたよ、ママ。許そうとしたんだよ。ぼくが一つのやり方でしか完璧になれないのがわからないの？

完璧《パーフェクト》な。完璧でない《インパーフェクト》。二つの形容詞が季節を問わず、明けても暮れても繰り返しやってきて私たちをあざけり、裁き、孤立させ、その孤立を病に変える。「完璧な」よりも完成された形容詞があるだろうか。この言葉は比較を受けつけず、最上級を拒絶する。いつだって私たちはいい人でいることも、向上することも、最善を尽くすこともできるけれど、自分を愛することも他者に愛されることもできないうちに、どうして完璧になれるだろう。ねえ、誰があなたと私の辞書から愛すべき《ラバブル》という言葉を奪い、完璧なという言葉にすり替えたの。

あなたが自分自身ではなく私を敵にしてくれたらよかった、と私は言った。母親はその役目になら完璧になれる、と私は思った。

ぼくの敵にはなれないよ、ママ。ぼくは自分の中に完璧な敵を見つけたんだ。

9　永遠に

今日は車のディーラーに行ってきた。

何か言った？　ニコライが訊いた。

午後三時。一日でいちばんやっかいな時間だ。私はニコライの弟が学校から出てくるのを待っていた。ニコライが歩いてくるはずだった方角を振り返って見ないようにするには、意志の力が必要だった。意志の力がないわけではなかったが、午後三時にはじゅうぶんとは言えなかった。私は道の角から角までの真ん中で、息子たちがいまだに同じ距離を歩いてこちらに来るとでもいうように、待っていた。

ううん、何も言ってないよ、と私は答えた。車のディーラーについて話す気でいたのを承知で、口が滑る直前にやめた。別の人生を歩んでいればただの雑談だっただろうが、いまは不適切な会話だろう。死者にどうでもいいことまで物語るような人間になりたくなかった。

私は代わりに、今日謎が解けたんだよ、と言った。新居に引っ越してから、ある音が規則的に繰り返されるのが気になっていた。どうやら家の中から聞こえるようだった。暖房器具の一部が壊れたのだろうと思っていたが、結局はカーディナルが地下室の窓をつついて遊んでいたのだとわかった。コツコツ、コツコツ、かたくなに叩く。玄関ポーチでも見たよ、と私は言った。窓のとりこになってるの。

どんな鳥でもそうなるよ、と彼が言った。

でも、この鳥はしつこい。どうしてだろうね。

私が話しているのはやはりどうでもいいことだったが、自ら混乱して人を混乱させるカーディナルのほうが、車のディーラーよりはおもしろい。

ただの鳥だろ、と彼は言った。

それと窓と、家と、季節。

ママが名詞の通《つう》じゃないことは確かだね。

人生の物語はね、いちばん簡単な名詞で語ることができるんだよ、と私は言った。

アメリカに来たばかりの頃、私は一袋十九セントのパンしか買わなかった。翌年、私たちは一袋二十九セントのパンに格上げし、それから四十九セント、六十九セント、八十九セントと上げていった。その後ニコライが生まれ、一袋一ドル四十九セントのパンを買い始めた。彼に話していない物語はパンのことだけでなく、たくさんあった。私は過去の話を慎むようにしていた。親の物語がしまいこまれ、できれば永久に封印された世界で、子供たちに生きてほしかった。

一つ話してみてよ、と彼が言った。

じゃあブルーベリーのこと。あなたが三つのとき、ブルーベリーの百五十グラムちょっとのパックを初めて一つ買ったんだけど、それがむやみに贅沢なことのように感じられた。

物語を伝えているのは贅沢なっていう形容詞であって、ブルーベリーじゃないね、と彼は言った。

でもブルーベリーとは違い、贅沢などという形容詞からはニコライの思い出がよみがえってこない。彼がもう少しで四歳になる夏、私たちはカリフォルニア州まで国を横断し、大学構内にあるスパニッシュ様式の家に引っ越した。壁は白い漆喰で屋根は赤く、はめ殺しの見晴らし窓の向こうには小道に沿ってユーカリの木が並んでいた。ある日、ニコライとベビーシッターが散歩していたら、家の近くにブルーベリーの茂みがあった。彼はまだ熟していない実をいくつか摘んで口に入れると、家までずっと駆けて戻った。ブルーベリーは凶暴だと大声でわめきながら。

彼が言った。覚えてるよ。うぬぼれた気分になったっけ。あの何とかさんていうベビーシッターが感心してるのがわかったから。

彼女はこんなことも話してたよ。あなたが木をわざとらしいと言ったって。本当に形容詞が好きだよね。

うん、ブルーベリーよりもね。

そんなことありえるの、と私は訊いた。同じ年頃の他の子たちがスマホやゲームや身なりに費やすものを、彼はブルーベリーに費やす、と私はよく冗談を言っていた。うちでは冷蔵庫にブルーベリーの箱をいくつも保存していた。季節はずれのときは冷凍庫に冷凍ブルーベリーの袋を入れておいた。彼は、私がパリで買った『星の王子さま』のマグカップにブルーベリーを入れて、小さな銀のスプーンで食べた。形容詞のどれを使っても、そのマグカップとスプーンと、最後に残った冷凍ブルーベリーの袋を言い表すことはできない。私たちはもう袋に触れることができなくなった。冷凍されたものが化石になるまでには、どのぐらいかかるのだろう。

どうして皆が物を手放さないのかわかってきたよ、と私は言った。

ぼくは逆のことがわかってきた。どの名詞もそうだけど、すべての実体あるものはなくてもかまわない。

じゃあ、なくてはならないものは何。

形容詞。

それはどうかな、と私は言った。実際のところ、なくてはならないものは何だろう。私はこの疑問で頭が混乱してしまった。

彼が言った。たいていの人にとっては名詞だな。名詞に定義される世界で生きるしかないから。

私は彼の答えについて考えをめぐらした。名詞から逃れられる人などいるだろうか。父親、母親、息子、娘、友達、恋人、住居、食べ物、職業、退職。私たちは自分より勇敢な親の勇敢な子供であり、名詞で織られた蜘蛛の巣の中に生まれてくる。誰もが『シャーロットのおくりもの』〔E・B・ホワイト著〕のシャーロットみたいなものだ。自分のために蜘蛛の巣を織る〔蜘蛛のシャーロットは糸で巣に英単語を描ける〕。ただしシャーロットは形容詞を選ぶけどね。しかも他者を救うためにそうする。

そうか、と私は言った。

なくてもいいものがわからなかったら、「なくてはならないものは何か」って疑問に答えられないよ。

じゃあ、なくてもいいものはなくてはならないものに仕えてるわけ？　ピラミッドの土台とピラミッド本体みたいに。

その類推《アナロジー》はひどすぎ。

強力な。陽気な。限界な。あなたが使うこういう形容詞は、名詞がなかったら具体的な意味をほとんど持たないでしょう。

もし形容詞が解放されて、何かを修飾しなくてもよくなったら、この世界は想像がますます暴れるところになるだろうな、と彼は言った。

想像はゴム球。一個十セントの。

何だって。

うん、最近書いている物語に入れた、ただの台詞。

けっこうふざけてない？

私は言いたかった。想像できるものは、言葉にできるものに似ている。名詞、動詞、形容詞、副詞、代名詞、前置詞——いくつ集まろうとじゅうぶんではない。

私には想像できた。ニコライが弟より五分早く着いて、カシューナッツをときどき口に放りこみながらその日何があったか話すところを。私には想像できた。私が荷ほどきをしていると、うちの犬がニコライのゲーム盤や本や、オーボエ・リードを作る工具セットが入っている箱の匂いを嗅いで混乱するところを。小さいときから知っている君、あの子のことを覚えてるの、と犬に訊いてみたかった。私には想像できた。ニコライの好きな料理をまた作って彼が食べるのを見守ったり、彼と弟の会話に耳を傾けたりできるように、人生を巻き戻すことを。私には想像できた。ニコライと一緒にテーブルクロスやケーキ焼き皿やカーテンや花を買えるように、人生を書き換えることを。こういう想像をすると悲しみを感じやすくなったし、涙があふれがちにもなった。でも、涙は言葉にできないものを覆い隠す見せかけだ。想像できないものであれば、覆い隠す見せかけはなくてもいいものになる。たとえば彼が私に長年話さなかった悪い夢。最後の日に彼が歩いた足どりと、突き詰めた考え。彼が教えてくれるはずだった形容詞。これから――彼がいようといまいと――続く年月。そして言葉にできないものは、常に口を開けたままの傷だ。常に、永遠に。

あーあ。口を開けている傷だって——そんなこと言うと、月並みな自己啓発本みたいに聞こえるよ。彼が言った。

自己啓発本は癒やしについて語るほうがいいんじゃないの。傷が開いたままになると書かれていたら、自己啓発本は売れないだろうな。

確かに。それでも、口を開けている傷なんてさ。いまの言い方は最悪。

私は思った。言葉にできないものに関しては、いい言い方なんてない。正確さも、独創性も、完璧さもない。

別にいいけど。そこまで言うなら。

心配しないで。私が自己啓発本を書くことはまずないから。

非自己啓発本のほうがおもしろいんじゃない？

それは自己を啓発しないことについての本？　自己を破壊する本？

非自己を啓発する本だよ。ぼくみたいな。

おもしろくない、と私は言った。

単に実用的なだけだよ。読む気さえあれば、ママには悲しんだり嘆いたり、死やトラウマに対処したりするのに役立つとうたう本がいくらでもあるけど、ぼくに役立つ本はない。

あなたのどんなことで役立つ本？

ママがよく知らないことは、ぼくだってよく知らないんだ。いまどんなふうに存在するのが正しいかとかいいかとか、健全かとか思慮深いかとか、どうしてわかる。

彼の言うことはもっともだった。私たちのどちらにも、宗教や形而上学に頼る習慣はなかった。私たちがやろうと合意した会話は、私の意固地と彼のやる気が支えていた。私の意固地は世間から頭がおかしいようにみなされるものの、同情を受けて許されるかもしれない。でも私は、これを狂気の沙汰と思わない人たちがいる、と信じることでも意固地になっていた。彼のやる気のほうが理解するのが難しい。死が一点の染みも残さなかったかのように、いまも鮮明に存在し続けるのはなぜ……。私は、どんなふうに存在してもいいとしたらどうする、と言った。

なんか自己啓発っぽいな、と彼は言った。

考えてみれば、自己啓発には何も問題ないのかもね。すべての自己が導きを必要としてるんだし。

たとえば自己が導きを求めるとしたら、それはもっと上手に自己でいたいからなのか、それとももっと上手に他の自己みたいになりたいからなのか。

うーん、私はそういうことの専門家じゃないよ。

自己啓発本が表紙にこんな宣伝文句をのせてたらって想像してみなよ。幸せになる秘訣とは――無数の他の人たちとそっくりになること。

じゃあね、自己啓発本はもっと上手に自己でいるよう導くためにある、と私は言った。

それは厳密には筋がとおってないよ。自己はそれぞれ違っているのに、一冊の本が無数の自己をなんで導けるの。だから皆が独自のバージョンの本を持ってなきゃいけない。それでどの本にもこんな献辞が書いてあるんだ。他のどの自己とも違う、私のいちばん大切な自己へ。

ふざけないように、と私は言った。

ママに負けないほどまじめに理解しようとしてるんじゃないか。

それは新しい木を何本も植えるようなものなんだろうね。どの木も唯一のものだけど、冷たい人や無頓着な人にとっては、どの木も似たように見えるでしょう。でも何本もの木々を、数少ない共通の支柱《ステイク》で支えることはできる。

ママが類推《アナロジー》を使うとうんざりする。

本当にひどい?

役に立ってない。いつも木の話だし。

私はこの頃、よく木のことに思いを馳せていた。親が子育てをするというのは、支柱《ステイク》で支えることではないだろうか。私たちは自分の胴体をしっかりした木の棒に変え、腕を長持ちする紐に変え、心をやわらかな外套《がいとう》に変えて若い樹皮をくるむ。若木を放さず、傷つけないことを心に誓い、成長を願う。でも子供は木ではない。ときに子供は束縛されずに――歩いたり、走ったり、飛んだりして――自分なりのやり方をしたがる。子供は、必ずしも根を下ろさない。

多くのものを賭《ステイク》けてるんだね、とニコライが言った。

茶化さないように、と私は言った。その——何がかかっているかという——問いは、教室で私の学生たちがフィクションについて語り合うとき、ひっきりなしに出てきた。それにアレルギー反応が出てきたと、ニコライに話したことがある。

それでもさ、ただ木を育てるだけだったら親はずっと楽だろうね。違う？　ニコライが言った。

木だって死ぬ、と私は言い、何年も前に博物館に行ったときのことを話した。私は樹木医と館長の後について庭園を回った。ここにある木々はあと百年ほどで死にます。樹木医は木立ちの前でそう言ってから、博物館はすぐにでも補充を考え始めるべきだと説明した。

百年は長い。これならママも時間が足りないって不満は訴えないだろうね。ニコライが言った。

子供を失うことは、親にどれだけ時間があったかとは関係ないの、と私は言った。

そうかもね。気の毒だとは思うよ。本当にママは、子供を作る前にじっくり考えなかったんだね。

親が事前にいろんなことを考えられたら、生まれてくる赤ちゃんはいないかも、と私は言った。とはいえ、本当にそうなのだろうかと考えた。何年もの間、私は彼を失う覚悟をしてこなかっただろうか。前もって苦しみを感じさえしなかっただろうか。

こういうことが起こるかもしれないとわかってたのに、なんで子供を作ったんだよ、と彼が訊いた。

どれだけ悲観的な人でも、多少の希望は持ちたがるものなの。

都合のいい考えっていうんじゃないの。ママが言ってるその希望はさ。

かもね。

都合のいい考えだったとわかってて、それでも悲しむのはなんで。

なんでかっていうと、覚悟をするのは体験することとは違うから。前もって感じるのはそれを実際に生きることとは違うから。私は悲しい。今日も明日も、一週間後も一年後も。永遠に、悲しいよ。

辞書から永遠にを削除したって言ってた気がするけど。

それは昔の話。あなたがそれを戻したの。

永遠にって言葉がなかったら、完成された辞書とは言えないよね、とニコライが言った。

すべての言葉はなくてはならないもの。そう思わない？

10 事実に不意をつかれて

お友達のマーサが手紙をくれたよ、と私は言った。

もう大学生になってるね。どうしてるって?

さあ。手紙には書いてない。あなたのことしか書いてないの。

ふうん。

名前に心あたりがなかったんだけど、バスーン奏者だと書いてあって思い出した、と私は言った。

かわいそうなマーサ。いまは練習の時間をもっととれてるといいけど。

昨年、その女の子はニコライと同じ室内楽団にいて、音楽教師から四、五回警告を受けていた。でも、できるだけ何でもこなそうとし、大学にも出願していて、どうして時間が見つかるだろう。去年の冬の演奏会で、彼女とニコライとクラリネット奏者がバッハの三重奏曲を演奏したのだが、途中で彼女が脱落して戻れなくなった。裾の長い黒いドレスをまとった優雅な様子で、彼女はニコライとクラリネット奏者にほほえみかけながらそこに座っていた。彼女が曲の第二部を飛ばしたの、わかった？　ニコライにそう訊かれて、私がわからなかったと答えると、彼は喜んで言った。彼女は最後のほうで何度か音を出したから、それで全部が正しいように見えたんだね。

私は女の子と話をしたことはなかったが、その思い出は好きだった。

他に誰が手紙をくれたんだろう、とニコライが言った。

あなたの友達、私たちの友達、あなたの先生、あなたの同級生の親、あなたが知らない人たち。あ、レモニー・スニケットも〔児童書『世にも不幸なできごと』シリーズなどの著者〕。

そういうことだけはもう自慢したくてもできないな。ぼくの友達の誰がくれた？

先に角を曲がらせて、と私は言った。車で信号が青になるのを待っていたのだが、道路がよく見えなかった。授業を始めるまであと三十分。ある区画から次の区画を走る間に、どうして涙があふれてきたのかわからなかった。何かに待ち伏せ攻撃を受けたのだ。

ぼくはやっぱり不意《ウェイレイ》をつくっていうほうがいいな。待ち伏せ《アンブッシュ》ほど季節に左右されないから。

どういうこと。

頭使いなよ、ママ。冬だろ。待ち伏せされにくいよね。

私は道路沿いの茂みに目をやった。葉が落ちたので何も隠せない。どうがんばっても私には、彼に見えている多くの物が見えないのだった。

彼が言った。不意をつかれるほうが、避けるのが難しい。道を完全に避けられないんだったらね。

信号が変わり、私は角を曲がって古い家が立ち並ぶ道に入ったが、そこに茂みはなかった。突然わけのわからないものを抱えることになったら、わからないまま、すぐにそれを捨てる方法はあるのかな、と私は言った。

何、それ。

私に与えられている言葉——喪失、嘆き、悲しみ、死別、トラウマ——そんな言葉では、私を苦しめるものを正確に伝えられないように思えた。人は喪失や嘆きや悲しみや死別に耐えることができるし、耐えなくてはならない。それらが合わさって、天井や床や壁やドアのようにしっかりしたこの人生が組み立てられる。しかし他にも、こんなものがある。たとえばちょっと目を向けられただけで飛び去る鳥。暗闇で鳴いているが、どこから声がするのかわかるほど人の近くにはとどまらないコオロギ。

それが何なのか言えたら、少なくとも多少はわかっていることにならないかな、と私は言った。

木の名前を知ったら木のことも、それがどんなものかってこともわかる？ 百科事典があるよ。少なくともおおまかな知識は得られるでしょ。おおまかな知識なんて役に立たない。こんなふうに考えてみなよ。何かを得たら、それが何であろうと基本的には自由に処理していい。

そう、基本的にはね。

じゃあ処理しなよ！

何かわからなかったら、どうやって処理できる。

それって年じゅうやってなきゃいけないことなんじゃないの？　ママがだよ。ぼくはもう違うから。もし千ドル持ってたら、そのお金をどう遣うか考えるのは簡単だよね。でも、人生を持ってたら、人生は何かわかる？　それをどうするかわかる？

人生は処理していいものじゃないよ、と私は抗議した。

ぼくが処理するって言うときは、除去するって意味じゃなくて解決するって意味なんだ。

へえ。

いろんな言葉に、ママが使いたがる定義よりもいい定義がある。

私の辞書には限界があるの。

確かにね。

つくづく思ったことがあるんだけどね。欠陥があるっていう言葉は、もう使いたくない。限界がある、のほうがまだいい。

欠陥がある人格には限界があるんじゃないの？　ぼくには欠陥がある。ママにも欠陥がある。ぼくたちは皆、欠陥があることで自分を責める。

限界がある人格は、それでも完璧なことがある、と私は言った。

自分のこと言ってない？

違うってば。私は完璧を求めてるわけじゃないよ。

ぼくの話をしてるんだったら、ぼくは自分に限界があるのに、完璧だと思ってやりすごすなんてことできないからね。最初から最後までまちがってるよ。

私はまちがった理解をしてるの？

イモムシがアリスにそんなこと言ったの、覚えてる？

ああ、そうそう、と私は言った。数年前、私たちはオックスフォードにあるアリス・ショップに行って、版画を二枚買ってきた。一枚はイモムシがキノコの上から「最初から最後までまちがっている」とアリスに話しているところで、もう一枚は赤の女王が「同じところにとどまるためには、力いっぱい走らなきゃいけないのよ」と言いながら、アリスを引っ張っているところだ。

この二つの発言を読むといつもほっとするんだ、とニコライが言った。

私も。いつもじゃないけど。ときどきそう。

ていっても、その気になれば、いろんな本からいくらでも発言を拾い出してきてほっとできるよね。

私は違う。現時点では。

なんで。いまはそういう落ち着く言葉がもっと必要なんじゃないの？

私は癒やしの食べ物を本の中に探したりしない。

癒やしの食べ物の何がいけないの。ぼくはママの小さなパンケーキが好きだよ。

小さなパンケーキというのは、ニコライが幼稚園のとき、私が即席で作った料理に彼がつけた名前だった。小麦粉、卵、砂糖をただ混ぜただけのものだ。真の成功の決め手は、一枚一枚が独自に不ぞろいな形をしていて、数字や文字など考えにしばられるような何ものも表現していないことだった。そっくりな葉が二枚ないように、同じ小さなパンケーキは二つとない。ドクター・スースはシマウマ《ゼブラ》のZの先に続く文字を二十しかくれなかったが〔ドクター・スースの絵本 *On Beyond Zebra!* の中で、Zより先のアルファベットが作られる〕、私はニコライと弟にパンケーキを何百枚も作った。二人の読者だけに物語を書くように。

　頭に入れるものがお腹に入れるものと同じじゃいけないでしょう、と私は言った。

その確信は科学的には根拠が薄いね。

うん。細胞レベルと分子レベルではそうだね。グリーフケアのカウンセリングを受けるために訪ねた人のこと、話したっけ？　彼は私たちにね、宇宙を分子のスープが入った大釜だと想像してみるように言ったの。こちらの分子はこのテーブルを作り、あちらの分子はニコライを作った。私は医師の真似をして言い、笑い出した。

笑わせてくれたんなら、効果はあったと思わない？

私たちが診療室に入ったとき、その男性は苦痛が来るのを感じるとも言ったのだが、ニコライにはそのことを話さなかった。

続かない笑いもあるの、と私は言った。

何だってそうだろ。

続くものも少しはあるよ。

たとえば何。愛とか言わないでよ。

私たちがいましているこんな会話とか。

いま形容詞を使ったよね。過去の会話や未来の会話は違うの？

この会話がずっと続くなら、未来のという言葉はいらない。こういうときは、未来がないっていう《フューチャーレス》言葉がちっともわびしくないと思わない？

これが続くってどうしてわかるの。

確かに、どうしてわかるんだろう、と私は考えた。

で、過去の会話はどうなの、とニコライが尋ねた。

それは記憶。

記憶は続かないと思う？

続いたらいいと人は望むものだけど、と私は言った。

じゃあ記憶は細胞みたいなもので、常に新しいものに置き換えられるわけ？

私はそのことについて思案してみた。新しいものに置き換えられなかったら、いま彼が持つ記憶は消えず、消せないものであり続けるのか。彼の全知の一部になっていくのだろうか。

考えてみたこともなかった。ぼくにとってはどうでもいいことだもんね？

どうかな。あなたが最近何に関心があるのかわからないから。

前はわかってた。

うん。

なんでもうわからないの。

いま、あなたのことを何でも知ってるように言うのはおかしいでしょう、と私は言った。以前私は、理解できなくてもその人を知っていることはありうると言っていたのだが、逆もありうると思ったことはなかった。これまでは。

ぼくのことを理解しているけど、でも知らないんだ？ 現実を認めようよ。たとえ人を分かつ死の力をあなたと私が信じなくても、死は境界線。

ぼくの友達もそんなふうに感じてるのかな。ぼくとの間に境界線があるって。

ニコライの数人の友達が、彼に宛てて手紙を書いてくれた。ともに過ごした時間を思い起こし、なぜこうも突然に旅立ったのか問いかけていた。私たちに宛てて手紙をくれた友達もいた。彼らはともに過ごした時間に思いを馳せながらも、なぜこうも突然に旅立ったのかは問いかけていなかった。

あの子たちは、ある意味では境界線があるようにまったく感じていないんだけど、別の意味では強く感じてるんだよ、と私は言った。

そういう文に意味がないことは言っておかなきゃね。どんな場合にもあてはまって、すごく奥深い感じに見せられる。

言っておくけど、私は奥深いっていう言葉は作品に使ったことないからね。

うーん、その形容詞については擁護しないよ。

ところでね、あなたの友達の手紙について考えてるの。

友達の文章力をからかったりするなよ。

ニコライの死について語るのは、人々にとって難しいことだった。でも彼の友達は手紙を書くとき、何を書いたらいいかわからないからとか、気まずいからとか、失礼にならないようにとかいった理由で、できあいの言葉に頼る必要がなかった。ニコライはまだ自分たちの仲間なのに、もうそうではないと言われた、そんな立場から書いていた。

私は言った。もしからかうことが一つあるとすればこれ。私たち大人は、よくわからない状況か好ましくない状況に置かれると、いかにすぐ言葉に詰まってしまうか。

よくわからないか好ましくない？

違いがはっきりしないこともあるけど。

よくわからない状況が好ましくないとはかぎらない。一目惚れみたいに。

あくまでもこだわる人だね。

正確に正確にって繰り返してるのはそっちだろ。

これならどう。私たち大人は望んだことの半分も自分の言葉で伝えられないとき、すぐに言葉に詰まってしまう。

半分ていうか、四分の一？

望んだことを完全には言葉で伝えられないとき、言葉に詰まってしまう、と私は言い換えた。

絶対伝えられない、とニコライが言った。

そのとおりだね。

達成できる割合でなんとかしたら？

お悔やみの手紙を書くところを想像してごらん。こんなふうに。大切な方を失ったあなたのお悲しみを思い、打ちのめされていることを伝えるのに、私の言葉がじゅうぶんでないことはわかっています。また、私の言葉はあなたのご心痛をやわらげるにはあまり役に立たないでしょう。でもこういう言葉しか私には……。

ぼくには筋がとおってるように思えるけど。

まだ続きがあるの。こういう言葉しか私にはありませんし、私たちはこれでしのがなければなりません。これほど言葉が足りなくても気持ちはふんだんにこめられていることを、あなたも私もともに信じて。

じゃ皆、遠慮しすぎてそう言えないの？

または自意識が強いか。どう言えばいいかわからない。もしかしたら不適切なことを言いたくないのかも。

どんなことを言えば適切なの。

こういうときは適切な発言も不適切な発言もないんだよ。あなたの友達は皆、何を言えばいいかわかってるみたい。

い、ぼくの友達だからね。

ううん。それだけじゃない。友達であるだけじゃなくて、若いでしょう。

ひどい年齢差別だな。若いからって差別しちゃだめだろ。

むしろ逆。私が言いたいのはね、私たち大人もかつては若かったってこと。そしてあなたの友達もいつか大人になって、私たちのようにとろくなる。あの子たちは、いま持っているあのかけがえのないものを失う。

それは何なの。

友達はあなたがいるところであなたに会うでしょう。

他のどこで会えるんだよ。

うん。でも、あなたがいるところで会うなんて、とんでもなく勇気があるって考えてみて。私たち大人は事実にしばられて動けなくなるの。多くの人にとって、あなたは事実になってしまった。簡単には受け入れられないし、理解もできない。それでもあなたは一つの事実。いまはそういうふうにあなたのことを考えたり思い出したりしたいんだろうな。

ぼくじゃなくて、ぼくの死でしょ。

大事な訂正だね。

理解できないことを受け入れられないときは、皆どうするの。

なぜこんなことが起こったのか、何がいけなかったのか問いかける。または、愛や希望みたいな言葉の魔法を使えば、どんなに悲惨な状況にも明るい面はある、という主旨のことを言う。

わずらわしい？

ううん。

なんで。

あなたを知っている人たちも私を知っている人たちも、私たちがいるところで会うから。あなたを知らない人たちや私を知らない人たちは、ただの事実。欠陥があるか、限界がある事実。どっちの言葉をあなたが選ぼうとね。

彼らにとって、ぼくたちが欠陥のある事実なのと同じだね。

そのとおり。

じゃあ、事実同士は会う？

おとぎ話では会うけど、この世では会わない。

どの世でも会わないよ、とニコライは言った。

11　もう一度、ここに来てくれたら

「なんとかしてもう一度、ここに来てくれたらいいのに。そばにいてくれたらいいのに」〔ミュージカル『オペラ座の怪人』の「墓場にて」より〕

この台詞が私の頭の中でぐるぐると旋回していた。一年と少し前、親しい友人を失ってからこの曲を何日も聴いていた。「別れを言えるように力を貸して」まるで死者に智恵や勇気が備わり、私たちに手を貸したがるかのようだ。では、死者が別れを言えるように力を貸すのは誰なのか。それは生きている自己に限界を課された、私たち生者ではない。

ありとあらゆる人がいるように、ありとあらゆる曲がある。現れては消えたり、一度も出会わなかったり。人が若いとき、まだ知らない無数の曲の中に現実があると思える時期があるにちがいない。あるいは、ずっと消えないでほしいという願いなど気にも留めず、手に入らなくなる運命にある、無数の曲の中に。運か宿命によってとどまる少数の曲が全世界以上の驚異をくれる、と考えを変えるのは全員か——それとも一部の人間だけか。

今日、ここにいてくれたらいいのに、と私は言った。

毎日言ってるよね、とニコライが言った。

そんなことないよ。

いつもそう思ってるんだろ。口に出さないときは、弱気になってると思われたくないからなんだ。

弱気だと思われたくないし、いつも弱気なわけじゃないよ。でも、今日はここにいてほしいと思ってる。雪が降ってるの。

この冬初めての雪が、朝降り出した。雪が降るところを初めて見た犬とJが、小さな肉球の跡とさほど小さくないスニーカーの跡を朝テラスに残したが、夕方近くにはまた雪に覆われた。しばらくの間、私はじっと座っていた。両手であごを包み、ひじをテーブルにのせて雪が降るのを見つめていた。やがて、この姿勢が一九七〇年代の台湾映画のスチール写真を再現していることに気づいた。夢見る女子高校生が窓の向こうを見ているところだ。

そういうのを言い表す慣用句があるんだけど、とニコライが言った。

ふらふらと思いをさまよわせても、手が届かないほど彼から離れずにすむというのは、とても不思議だが、なんと安らげることだろうかと思った。私は、子羊《ラム》の皮をかぶった成羊《マトン》〔若作りの意〕って言いたいのかな、と訊いた。

そう。いつもなかなか思い出せないんだよね。

思い出せなくても損はないよ。失礼なことなんだから。

慣用句はどんなやつでも好きなんだ。ぼくは言葉が相手だと、人間のときほど批判的決めつけをしないんだよ。

そのときふと私は、この仕草が『ボヴァリー夫人』のシャルルのものでもあることを思い出した。彼は両手にあごをのせ、「ばからしい穏やかさ」でエマを見つめるのだ。

穏やかさって言葉は使われすぎてる、とニコライは言った。

形容詞のばからしいは、ここでは必要なの。

ばからしさは世界を回しているものの一つなんじゃないかな。

じゃないといいけど、と私は言った。

それについて議論ができるな。結論は出ないだろうけど。考えてみると、ばかっていうのは使うのが難しい言葉だね。

どうして。

三歳児でも正しく使えるから、と彼は言った。

ちょっと待って。その言葉はこの前辞書で調べたよ。もう詳しく調べるまでもないぐらい、とんでもないばからしさに遭遇してきたんだからね。stupid《ステューピッド》〔ばかな〕の由来は、ラテン語の *stupidus*「麻痺した」「驚いた」。

で？

でね、その言葉はある意味では誤用されてる。本来はもっと感情的なのに、その要素を奪われてるの。何かが起こって私たちを唖然とさせ、麻痺させ、にぶくする。ばからしさには、ずっと多くの感覚や感情が関わってるんだよ。

こんなのどう――ニコライが言った――シリアル・コンマ〔文中で語句を三つ以上並べたとき、最後の接続詞の直前に入れるコンマ〕でまちがえるのが恐くて、それを避けるしかないばかな文章。

ああ、そういう哀れな文章が、どうすることもできない決定の責めを負うのはおかしいよ、と私は言った。ニコライはシリアル・コンマの断固たる提唱者だった。

熱々の牛乳の中でストライキをやるばかなイースト、と彼が言った。

私は吹き出した。彼が初めてかぼちゃパンを作ったとき、牛乳を冷めるまで待たずにイーストに加えた。それでパン生地がうまくふくれようとしてくれなかったので、私たちは大笑いしたのだった。

そっちの番だよ、と彼が言った。

競技中とは知らなかった。

私はしばらく考えてから、自分は偽装した雪だと思っているばかな塩、と言った。

「ぼくの勝ち」

そうとも言い切れないよ。雪は冷たいから、塩は感覚が麻痺するはずでしょう。感覚が麻痺するというのは、ここ数週間の私自身を言い表している言葉だった。麻痺はしても、驚きはないのだが。

水面に石を跳ねさせるばかな川、と彼が言った。

胸が痛んだ。彼が十六歳になる数日前、私はニコライと他の二人の子をカヤック乗りに連れていった。うってつけの午後だった。よく晴れてそよ風が吹き、川の流れは穏やかで、両岸の土手に並ぶ木々は黄金や赤に染まり始めていた。枯れ枝が数本、用水路をゆっくりと流れていた。子供たちはしゃべったりうたったりした後、長い並木道を歩き、ときおり立ち止まって石を水面に弾ませるように投げた。夏の名残の日々が永遠に続くことを自ら疑わないように、子供たちは幸福を信じ切っていた。彼らを見つめていたら胸が激しく痛み出したので、私は急病になったのかと思ったぐらいだ。

違う場所から振り返って感情を付け加えているだけだよ、とニコライが言った。私は反論した。ううん。変えられない記憶もある。そういう記憶はそのままなの。

ママがそう言うなら別にいいけど。

二人ともしばし口をつぐんだ。この雪。あなたは気に入っただろうな。

ニコライは黙っていた。雪が降る場所に最後に住んだのは十二年以上前だ。彼は三歳で、親に手伝われて背丈の三倍の雪だるまを作った。あのことを少しでも覚えているだろうか。

野蛮な少年二人にずたずたにされたな、と彼は言った。

野蛮な、と私は言った。最適な形容詞なのか疑問だった。

差別的な意味合いは全然ないよ。最近皆、ほんとに神経質だよね。ぼくは三歳児の視点で話をしてるんだ。

雪だるまが長持ちしなかったのは確かだ。生まれたその日のうちに壊れてしまった。七、八歳の男の子二人に襲撃されたのだ。私たちが救いに行けたときには、雪だるまは頭を殴られ、胴体のあちこちを蹴られていた。

他にあのアパートのどんなことを覚えてる？

あんまりない。遊び場かな。赤い岩があった。

そうだったね、と私は言った。赤い岩はなかったのだが、彼のつま先が切れてかなり出血したため、岩が赤くなったことがあった。彼はうろたえて赤い岩が悪さをしたのだと思いこみ、以来、赤い岩はどれでも危険だと考えるようになった。

コンクリートと金属でできたその団地はかつて軍の兵舎だったが、その頃には世界中から来る大学院生や客員研究員にとって手頃な価格の住居になっていた。ある方向に二十分歩くとトウモロコシ畑で、別の方向に十分歩くと昔の野営場があった。イングランド系やウェールズ系の何千人ものモルモン教徒たちが、移住用に作った空のリヤカーぐらいしか持たずに、西部への旅をここから始めた――私たちが住んでいた街は、一八六五年には西へ向かう鉄道の終点だった。車で北へ二時間走ると、アントニン・ドヴォルザークが一八九三年に夏を過ごし、弦楽四重奏曲第十二番「アメリカ」を作曲した家がある。ニコライは亡くなる前の週、オーケストラの授業でドヴォルザークの主旋律を誰もそうとわからなかったことに驚いていた。

ドヴォルザークが子供を三人亡くしているのを知ってた？　私は今日初めて知ったの。

知らなかった、と彼は答えた。

私たちがニコライに告別の辞を述べるとき、親しい友人がバイオリンでドヴォルザークの「わが母の教えたまいし歌」を演奏してくれた。私は彼にあまり歌を教えなかったし、物語もあまり話さなかった。でも彼が、不朽の類《たぐい》の歌や物語が似合うほど豊かな暮らしを送るのを見守った。

げっ、お涙ちょうだいの伝記に出てくる下手な文章くさい、と彼が言った。

親は子供の伝記を絶対に書くべきじゃない、と思いつつ、私は言った。あなたは調和も不調和もしている豊かさを持った暮らしを送ってきた、ならどう。

何と調和も不調和もしてるんだよ。一つの文章に意味が反対の同じ言葉を二つとも入れるママの癖にはうんざりする。正確じゃないし、まったく伝わらない。

私はひるんだ。彼が八歳のとき、編集者の友人とタクシーに同乗した。彼女が出版した私の短編を彼は批判し、背景となるいきさつをもっとがんばって書くように私を説き伏せるべきだったと論じた。

ああ、それ。二人に厳しいことを言ったのは、ただそんな気分だったから。それでもさ、調和していようといまいと、豊かさっていう言葉が使い古されてることは知っておく必要があるよ。

強烈さは？

同じぐらいひどい。

優雅さ、独創性、明敏さは？

うう。ママは単純な名詞だけにしておいたほうがいいかもね。木とか花とか葉とか鳥とか星とか。

雪とか、と私は言った。

そう。なんでそれじゃだめなの。

どうしてだめなのだろう、と私は考えた。なぜなら名詞が、必ずしも彼が言うような「壁」のままでいるとはかぎらないからだ。もっとも単純な名詞ですら、私の中でこんなものに変わってしまうことがある。トンネル、跳ね上げ戸、迷路、真空状態、ローマの円形闘技場、中国の万里の長城、ゴッホの「ローヌ川の星月夜」、母親が息子にまだ教えていない歌、母親が語らないことにしている物語。確固たる名詞——家、車庫、道路、朝食、昼食、夕食、平日、週末、祝日——には信頼が置ける。指一本でいちばん簡単なピアノ曲を弾けるようなものだ。「きらきら星」「アイム・ア・リトル・ティーポット」「メリーさんの羊」「ヘイ・ディドル・ディドル」など。でも突然、拙い一本指が一度に一つだけ音を選びとるのではなく、四手のための制御不能な曲になる。見知らぬ者同士の二人が演奏するのだ。一人はきちょうめんに、もう一人は無頓着に。一人は強い感情をこめて、もう一人は無情に。あなたは誰。自分が楽しむために即興演奏しているの？　それとも、人生というこの不調和な音楽を奏でる仕事を任されたの？

人生にとって音楽とは何、とニコライがふいに尋ねた。

ニコライは六年生のときに詩を書いた。私の友人たちは彼に別れを告げに来たときにそれを偲《しの》び、彼の友人たちは国の向こう側の西海岸で別れを告げるとき、それを暗唱した。私は彼の写真の数々と一緒に、その最初の一節を自分のオフィスに飾った。

　ぼくの人生
　はカンザス
　と音楽

人生にとって音楽とは何か。教えてほしいのはこっちのほう。私は言った。あのオーボエの録音はまだ全部持ってる？

うん、と私は答えた。彼はオーボエの先生から、一流のオーボエ奏者四、五人による演奏の録音をもらっていた。

彼は言った。あの人たちの演奏を聴いたら、どれだけ完璧かわかる。音一つだけでもいいから、あれぐらい完璧に吹けたらよかったな。

私はどの録音も、せいぜい一つの楽句《フレーズ》ぐらいしか聴けたためしがない。オーボエが入っている音楽は、何であれ耐えがたかった。

あなたはまだ学んでるところじゃない、と私は言った。

過去にね。学んでた。ところでさ、ぼくは気づいたんだ。音楽は完璧でありうる。

人生はありえない？

人生は完璧でなくてもいい。ぼくが嫌なのは、完璧ではない人生を完璧に生きられないこと。

完璧さは一つしかない雪の結晶みたいなものだよ。それは解けてしまうの。

完璧主義者も解けるんだよ、ママ。

12
惰性

私たちね、昨日小さな木を買ったの、と私は言った。

小さな木って、e・e・カミングズの？

ああ、それ。完全に忘れてた。

じゃあ、ちゃんとした理由もなく、ただ出かけて小さな木を買ったの？

クリスマスのためだよ。それはちゃんとした理由にならない？

ならない。ぼくは詩のために木を買ったんだと思って、だったら許そうかと考えてたんだよ。

ニコライは六年生のとき、宿題にカミングズの詩を選んだ。彼が文学でぬくもりや明るさに惹きつけられることはあまりなかったのだが、彼の感想文は詩に出てくる少年のように愛がこもっていた。

小さな腕をいっせいに上げてごらん
そうしたら全部つけてあげよう
どの指にも指輪を飾れば
暗いところも不幸せなところもなくなる〔e・e・カミングズ「little tree」より〕

彼は暗くて不幸せなところから語っているんだよね？　ニコライが言った。
そうそう。それから、あなたは小さな木を孤児《みなしご》と呼んでたよ。
そうだった？　覚えてない。
えっ。あなたも私も、よく孤児について書くじゃない。
今度はママが木の孤児をもう一人作ったんだね。
私は思った。孤児、やもめ、男やもめというけれど、子供を亡くした親は何というのだろう。きょうだいを亡くしたきょうだいは？　友人を亡くした友人は？　名詞には限界があるって言っただろ、と彼が言った。言葉に限界があるんだよ。

ニコライも弟も、生きた木を買うことに強く反対した。人間の祝日を数週間飾りたてるために切られるのだ。そこで私たちは人工の木をとっておいて、毎年それを出してきた。ニコライが初めてのクリスマスを迎えてから集めるようになった、ツリー用の飾りも一緒に。でも引っ越しのとき、その人工の木は持ってこなかった。それに、別の木を買いに出かけることはできない、と私は思った。人工の木の命は、打ちのめされそうなほど長い。

長持ちさせることに意味があるんじゃないの？　毎年木を殺すんじゃなくてさ。とても小さい木なの。どっちかというと鉢植えの植物。体が小さくなったアリスにやっと合うぐらい。

小さな木だって木に変わりはないだろ、と彼は言った。

クリスマスが終わってから、うちで育てられる。ゴミに出したりしない。

勝手にすれば。

もう、あいかわらず決めつけて、と私は頭の中で抗議した。無慈悲だし。一歩も引かないし。

一歩引いて慈悲深く訊くけど、木に飾りつけはしたの、と彼が尋ねた。

それはありがと。飾りつけしたよ。

私はその前日、五つの飾りを選んだ。手元にある中でいちばん軽いものだ。家、雪だるま、手袋、ペンギン、それから長靴下に一緒に入っている犬の兄弟二匹。細くやわらかい枝が、よく持ちこたえていた。

それと、プレゼントは？　小さな木の下に小さな箱があるの？

マッチ箱のサイズじゃないとね。でもその中にプレゼントは入らない。そう言ったとたん、ずっと忘れていた記憶がよみがえってきた。文字を覚える前、父親が私のためにマッチの空箱をとっておいてくれた。それはいろんなことに使えた。列車で旅をしたことがなかったので、マッチ箱をつなげて列車にしたし、写真でしかソファを見たことがなかったから、マッチ箱をソファの形に並べた。それから、ラジオで聴いた長編戦争ドラマを真似て、マッチ箱で要塞を築いた。

じゃあレゴ・ブロックみたいなもの？　ニコライが訊いた。

レゴ・ブロックなんて！　マッチ箱は値段がつけられない《プライスレス》ものだったの。

頼りない発言だな。値段がつけられないっていうのは、ママの記憶でそうだってだけだろ。

わかった。そのとおりだね。

それに、値段がつけられないって言葉は好きじゃない。

形容詞だよ、と私は言った。その言葉を覚えたのは、初めてアメリカに来たときに観たマスターカードのテレビCMからであることは言いたくなかった。

わかってるわかってる。でもその形容詞は値段ていうむかつくような名詞の派生語だろ。嫌なやつと結婚して見苦しい成果を得たような感じ。そうとうな代償《プライス》を払ってる。

何にでも代償はつきものだとは言えないのかな、と私は言った。テーブルに置かれた花、額に入れた写真、互いに寄り添う——四十一個の——ペンギンのぬいぐるみ、耐えられる人生、避けられない死、悲しみと克己、恐怖と絶望。自己は近づけすぎると自傷的な厳しい吟味に耐えられない。遠ざけすぎると、幻肢になる。

彼が言った。ほとんど何にでもつきものなんだけど、一つだけ違う。時間には代償がいらない。

それはいるでしょ。

分や時間や日を来させるために、何かをしなきゃいけないわけじゃない。生きている人間は誰でもね。時間が向かってくるのを止めることすらできない。

じゃあ、きっと過ぎ去るときに代償がいるんじゃない。私はそう尋ねてから考えた。時間は有意義に費やされたり、無駄に費やされたりする。時間を稼がなくていいなら、私たちはすぐ浪費するだろう。

今度決めつけてる人間はどっちだよ。ママが読書に費やす時間も、誰かがゲームのアングリー・バーズで遊ぶのに費やす時間も、等しい浪費なんだ。

彼は幼稚園のとき、友人のお母さんみたいな母親でもかまわないと言ったことがある。彼女はキッチンのカウンターの前に座って、アングリー・バーズをやっていた。

それに、有意義な時間は過大評価されてるって考えたことある？　有意義っていっても、誰の基準でそうなの。彼は尋ねた。

私は自分なりの基準で時間を使ってる。

その基準に問題がないとどうしてわかる。

わかってない。それどころか、問題はきっとあるだろうと思ってる。

どんなふうに。

私はちょっと考えてみた。私があなたぐらいの年のとき……。

親が話題を振るときの最悪の言い方。まるで同い年の人間は自動的に同じ生き物みたいにさ。

同じ生き物ではあるよね。

いちいち言葉尻をとらえるなよ、と彼は言った。

十六歳のとき、明の時代の本からことわざを日記に書き写したの。中国語から翻訳すると、だいたいこうなるかな。「くだらないものがなかったら、どうして人生の向こう岸にたどり着けるだろう」

要するにこういうこと？　ぼくのすばらしいアイシングがなかったら、どうしてお菓子のバザーで百四ドルもうけられたであろうか。

私は笑った。彼のアイシングについては、私たちの間でいまだに意見が一致しなかった。彼が使う砂糖の量に、私はよくたじろいだ。

この古い本の忠告に従うべきだと、そのとき決意したの、と私は言った。くだらないことを好きじゃなくなったのはなんで。

好きじゃなくなってない。くだらないと思ってたものが、結局は人生になったんだよ。私の人生に。

それは何。

読書。

ああそれか、とニコライは言った。

若い頃は……。私はそう言いかけて、やっぱり口をつぐんだ。

そこらによくいる親みたいな話し方はやめてほしい。我々が若い頃はってさ。まるで世代ごとに時代がわざわざ姿を変えるみたいに。

おっしゃるとおり。私が子供の頃はね、目標に向かって邁進《まいしん》する人生に、詩やフィクションや哲学や空想が入りこむことは許されなかったの。いまだにそうかもしれない。だから、あなたの言うことは正しいね。読書して過ごすのが、アングリー・バーズをして過ごすよりましだなんて言えない。

少なくともママは、ゲームをやるより読書をするほうが得意だよね。それに、ママは運がいい。

どうして。

得意なことから、お返しに大事にしてもらえないこともあるからさ。

あなたは大事にされなかったんだね、と私は言った。ニコライはいろんなことが得意だった。

得意だってことは完璧であることとは違う、と彼は言った。

私たちは繰り返し、あの完璧なという形容詞に行き着いた。その罠には一つも出口がなかったのだろうか。彼が無事に向こう岸にたどり着けるよう助けになるものは何も――くだらないものすら――なかったのか。

ぼくはもう向こう岸にいるよ。

皆はそういうふうに思わないかもね。

破滅だと思ってるんだよね？

私は何も言わなかった。

思いたいように思えばいいよ。皆、死が恐い。死んだ人が恐い。普通じゃない決断が恐いんだ。ニコライは言った。

人を生かしているのは恐怖なのかな、と私は言った。

そこに入る名詞は希望のほうがふさわしいってたいていの人は言うよ。

希望と恐怖の違いがわかる人なんているの？

支離滅裂な、いい質問だね。

あ、私が子供のときのおもちゃ、もう一つ思い出した。

母親っていうのはどこまで昔を懐かしめるんだ、とニコライが言った。

それを持ってたわけじゃないんだけどね。年上の子たちが中庭で回してた独楽《こま》。で、あなたはそれがどんなものか知らなくても……。

知ってるよ、ママ。ぼくはばかじゃない。でさ、ママがそれをおかしな類推《アナロジー》に使う気なのはわかってる。こう言うんだろ。私たちは独楽なのよ。恐怖に駆り立てられ、希望に駆り立てられる。だからきっと恐怖も希望も同じものでしょうね。

私はしばらく思案した。違うよ。私が言おうとしてたのはそういうことじゃないでなかったらこう。希望は独楽なの。恐怖がそれを駆り立てるのよ。

違う、と私は言った。

恐怖が独楽で、希望がそれを駆り立てる。

違うって！

じゃあ、最高にすがすがしいことを言うんだ――運命よ、おお運命よ運命よ、私たちを駆り立てるのはあなたですわ！

私が言うことを勝手に決めないで！　私たちを駆り立てるのが誰でも何でも、どうでもいいの。何であろうと、常に駆り立てるわけじゃない。私の疑問はこれ。では何によって私たちは生きていけるのか。恐怖なのか希望なのか。

科学的に言うと回転の惰性だな、と彼は言った。

じゃあ希望は一種の惰性なの？　恐怖も？

ああママ。ママがすごく支離滅裂になってきた。

私は思った。私が支離滅裂なのは、考え続けることはできても、はっきりさせることができないからだ。彼にとって希望と恐怖のどちらが、人生を耐えがたいものにしたのかを。

ぼくは耐えがたい人生なんて言ったことないよ。ぼくにとって大事なもの、生きがいにしてるもの、それがない日は一日もなかった。だけど、くだらないものだけの日は一日もなかった？

ぼくの人生で、くだらないものでしかないのは何だよ。

私は考えた。音楽は違う。文学も違う、スポーツも友達付き合いも違う。お菓子作りは？　料理は？　編み物は？　ガーデニングは？　調理用具や毛糸やマフラーや色とりどりの靴下を買うことは？　友達への贈り物を選ぶことは？　何でも真剣に取り組めば、くだらないものでなくなってしまう。でも意義あるものは重みもともなう。運ぶ装備がないような重いものを積んで、船は進めるのか。

ぼくはぼくなりに進んできた、と彼は言った。

彼の言うぼくなりのやり方は凶であることに、私が気づかなければならないときがあったのだろうか。それは、彼が十二歳のときに映画『レ・ミゼラブル』を観た後、夏の間にその小説を三回読んだときだったのか。それどころかもっと以前、四年生のときの先生が、癒やしがたいわびしさについて書かれた彼の詩を送ってきたときだったのか。

はあ、凶って？　ぼくはぼくでしかなかったよ。

自分らしくいるだけで致命的な状況になる人もいるのだろうか、と私は考えた。

彼が言った。『レ・ミゼラブル』か。子供の頃に戻った気分。

彼の本棚にはその小説がいまでもあって、そばにヴィクトル・ユーゴーの小さな金属製の胸像が置かれていた。ジョージ・ハーバートの詩集もだ。『レ・ミゼラブル』を読んでいた頃に彼が私の本棚から抜き出したのだが、彼はまだちゃんと読んでいなかった。それから、ほどいた《アンニット》毛糸の玉も、作られなかった《アントライド》料理の本も、生きなかった《アンリヴド》人生の年月もあった。

接頭語にこだわるなよ、と彼が言った。

何のこと。

あらゆる単語に否定の接頭語の un《アン》 をつければ、自分自身をなかったことにできる。

私は考えた。なかったことにする《アンドゥ》。まだなされていない《アンダン》。私が口にしない数々の言葉のうちにそれらも入っていたけれど、ニコライに関連づけて使われているのを耳にしたことはあった。でも、たとえ人々が口に出すのをやめられたとしても、それらの言葉はやはり近くにとどまり、辛抱強く宙を舞っただろう。言葉は鷹《たか》で、私たちの頭は鷹匠だ。

違う。ぼくたちの頭は標的だ。獲物なんだ。

じゃあ言葉を調教するのは誰。

知らない、と彼は言った。

この答えは彼が興味を失《な》くしてきたことを示すのか、負けたように感じていることを示すのか、判断できなかった。前者かもしれないな、と私は思った。彼は負けたからといって議論を投げ出したことはないのだ。

とにかく、なかったことにする《アンドゥ》っていう言葉は使われすぎてる。フォローをやめる《アンフォロー》とか友達リストからはずす《アンフレンド》とか言うほうがまし。彼は言った。

それは違うでしょう。誰かをフォローするのをやめたり、友達リストからはずしたりするのはＳＮＳで簡単にできるけど、人生では多くのことをなかったことにできない。人生の大半でそう。

彼は言った。フォローをやめたり友達リストからはずしたり。そうすることができるものは、たいしたものじゃない。ああいう言葉は、実際には絶対に中身のない架空の言葉だよ。うわべでは選択肢を与えているように見えるけど、本当にフォローをやめたり友達リストからはずしたりしなきゃいけないものとなると、その選択肢は使えない。

たとえば？

死、と彼は言った。

もし死を友達リストからはずしたり、死のフォローをやめたりできないなら、人生も同じはずじゃない？

ぼくは人生を友達リストからはずしたんじゃないし、人生のフォローをやめたわけでもないよ、ママ。もしそうしてたら、ぼくは見つからなかっただろうね。こうして話もしてなかった。

じゃあ、あなたがフォローをやめて友達リストからはずしたものは何なの。人生じゃないなら。死でもないなら。

時間。

時間？

そう、時間。時間に代償はいらない。

時間を友達リストからはずすことや、フォローをやめること。それに代償はいる?

知らないよ、ママ。それはぼくが言うことじゃない。

13　未来《アフタータイム》

あなたにクリスマスのプレゼントは買わなかったからね、と私は言った。

言うまでもないことなんじゃないの、とニコライが訊いた。

言うまでもないことだったら言わなかったよ。言うまでもない——言葉の中には、いくつか合わさると本来の意図と違うことを伝えたり、伝えていないことを意図するものがあるね。

信じて、がそう。誰かに信じてって言われるたびに、なんでぼくがって訊きたくなる。

正直言って、とか。

恐れ入りますが、とか。

あなたの努力を無にしたくない、とか、ないがしろにしたくない、とかね、と私は言った。

まったく言葉は空間の浪費だな。

うん。そして望めばえんえんと続けられる。

大人は子供よりそれが上手じゃない？

そうだね、と私は言った。

じゃ、言うまでもあることに戻るけど。今年はサンタからぼくにプレゼントはないんだ?

サンタがいるのを信じたことなかったじゃない。

小さいときは信じそうになったよ。

ニコライが幼稚園にいた頃、サンタがどうやって一晩で子供全員を訪ねることができるのかと私を問い詰めたことがあった。

覚えてるよ。ママはぼくが信じさえすれば、サンタがプレゼントを持ってきてくれるって言ってたね。

そのときは信じた？

あんまり信じなかった。それなのにプレゼントをもらえたから、全部でっちあげだってわかった。数日、心配してたんだ。サンタを信じてないからプレゼントをもらえないんじゃないかって。

あなたがそんなこと考えてたなんて、知らなかった。

親に頭の中を全部知られたら、子供の生活も終わりだよ。

翌年、幼稚園の同級生四、五人の親から私にメールが届いた。サンタはいないことを彼が子供たちに触れ回っている、と注意を促す内容だった。母親の一人は、うちの家庭ではまだ伝統を守っているんです、と書いていた。さらに、夜中にクッキーを食べたりミルクを飲んだりするのがサンタじゃないなら誰なのか、というような疑問を、娘はいっぱい抱えて帰ってきました、とも付け加えていた〔欧米では子供に信じさせるため、クリスマス・イブにサンタへのクッキーと牛乳を用意する習慣がある〕。

それでママから、友達を無知なままにしておく大切さを教えさとされたんだ。

親がわが子の子供時代を引き延ばしたいと考えるのは、悪いことじゃないでしょう。

ぼくは四年生のとき、自分の子供時代はきっと何かがおかしいんだと思ってた。文学作品に書いてあるのとぜんぜん違って、幸福すぎたから。

あなたがそう言ってたのを覚えてる、と言ってから私は、わが子に長続きしない幸福な子供時代を与えたのだとしたら、それは親の失敗なのだろうか、と考えた。

彼が言った。子供時代はいつかは終わる。どんなにいい親でもそれは変えられない。遅かれ早かれ、クリスマスのプレゼントを受け取るのは箱を開けるためでしかなくなる。こういうことを言い表すママのお気に入りの言葉は、避けられない、だな。

避けられないことが、遅めに来てほしいときもあるんだよ。

私はつい先日、十代の息子を自殺で亡くした母親に会ったのだが、彼女はクリスマスになると息子の長靴下と何年分ものプレゼントを出してきて、そこに毎年新しく何かを加えるのだと話していた。

それはやめなよ、とニコライは言った。

やらないよ。

私はきちょうめんな人間ではなかった。先日、ニコライの靴下が見つからないことに気づいた。多くのものが砂や水のようにいつのまにかなくなる。でも、それが大きな問題だろうか。

砂や水か、とニコライが言った。

わかってる。陳腐な言葉で考えるしかないときもあるの。

時間を言い表すのに使われるなら陳腐。でも、動きがない具体的な物体を言い表すのに使われてる。

わかったわかった、と私は言った。

靴下はどこかにあるはずだよ。どこにもないわけないんだから。

そのどこかの位置がはっきりわからなければ、どこでもないところにあるってことになるのかな？

それでも、どこかだよ。

どこかとどこでもないところの間にある場所は何て呼ぶの、と私は尋ねた。

どこかとどこでもないところの間――ときどきその場所が、私にははかり知れない深淵のように感じられる日があるのだ。

どこかとどこでもないところの間は、やっぱりどこかだろうね、と彼が言った。

あなたも、どこかにいるの？

もちろん。どこでもないところっていうのは、無限の彼方みたいなものだろ。やろうと思えばぼくには近づくこともできるけど、どこでもないところにはたどり着けない。

でもそれは、きっとこのどこかとは違うどこかだよね。つまり、私がいるところとは。現時点のここは。

私は本が並ぶ部屋に座り、窓のほうを向いていた。花瓶に挿したアジサイが窓台に置かれている。数分前、キツツキが近くの木の幹をつついていた。そしていまはリスが一つところに二秒と休まず、一心不乱に地面を掘っている。翌日は冬至で、天気予報では晴れだった。あと十日で一年が終わる。

もし慰めになるなら、ぼくがいるどこかについて何か考え出してもいいよ。ここに池があってね、向こうに空がある。

あなたが描いた絵みたいだね。

どの絵。

引っ越し荷物からニコライの絵を出していたら、見たことがない作品があった。誤った綴りの自分の名前を大文字で堂々とカンバスに書いていたから、ずっと幼いときの絵だ。黄金の空に、緑の筋が入っていた。黄土色の畑には明るい緑色の池があって、薄茶色の三つの納屋の間に金色と緑色の木が納屋の二倍の高さでそびえていた。さらにその木よりも背が高い子供が一人、びっくりした表情を浮かべて立っている。彼の体はクリスマスツリーの形をしていて、金色の飾りつけがしてある。頭のてっぺんには髪の毛ではなく、体全体と同じぐらい大きな蝶ネクタイをつけていた。それも紫色の地に金色の水玉模様入りだ。なんとも大胆で情緒不安定な少年である。

その絵は覚えてるよ。名前の綴りをまちがえたから、クローゼットに隠したんだ。

あれを見た人は皆、考えちゃうね。絵の男の子はどこから来たんだろうって。そう口にしてから、私は思った。というより、いまどこにいるんだろうって。それはどこかだね。でもほんとにさ、そのしょぼい脳を謎で混乱させるのはやめなよ。

私は親しい友人の話をした。彼女は地元の音楽祭で、とても長い催しに参加した。彼女が演奏する時刻には夜もすっかり更けていて、もうじゅうぶんすぎるほど音楽を聴いた観客たちは気合を入れ直すべくバーに押し寄せていた。からっぽの観客席に向かってピアノを弾くときも、やはりそれを音楽とみなせるのか。この疑問をめぐって、彼女と私は電話で笑い合った。

書いた詩が誰にも読まれなくても、それを詩とみなせるのか、とニコライが言った。

胸が痛んだ。彼は六歳のときからこれまでに気に入った曲を、私の携帯電話に保存した。いろいろな音楽の寄せ集めだ。クラシック、ブロードウェイ・ミュージカル、叙情的なアリア、ネットで見つけた叙情的なアリアのふざけたパロディー、ビデオゲームのサウンドトラック、「エディット・ピラフ」（彼のまちがいに私たちがどれだけ笑ったことか）というフォルダーに入った歌の数々。私は彼が聴いた曲のすべてを手に入れられて幸運だった。でもこの場合は幸運といっても、耐えきれないほど鈍感な幸運だった。私は曲を再生させるたびに彼の詩のことを考えてしまう。すでに書かれた詩とまだ書かれていない詩のことを。それらを、私は知らないのだ。

ニコライが言った。その人自身が音楽の聴き手だったんだ。音楽家の仕事の極致だね。そう思わない？

極致。あなたがその言葉を好きなのを忘れてた。

気取りすぎの名詞だから、ママの趣味には合わないんだろ。

数年前、ある友人が三部作の一冊目『薬剤師《アポセカリー》』と二冊目『見習い《アプレンティス》』を出版したとき、ニコライは三冊目の題名を訊いてくるよう私に頼み、こう言った。まだ決めていなかったら、完璧な題名があるからね。『極致《アポシオシス》』っていう。

本の題名としてはいまでも好きだな、と彼は言った。

それは私の子供向けの本につけるつもりだったんだよ。

ああ、あれか。登場人物の誰もこの言葉がわからないだろうけど。

ニコライが五歳になったとき、私は彼のために子供向けの本を書くと約束した。でも、毎年その約束は翌年に持ち越された。彼が亡くなる数ヶ月前に最初の二章を見せたところ、彼はそれをひどく嫌った。

いまの彼が言った。だってママ、認めなよ。ママに子供向けの本は書けない。下手なんだよ。恐ろしく、すさまじく、ぞっとするほど、身の毛がよだつほど、下手くそ。

副詞にやみつきだね。本のコンセプトはけっこう好きなんだけどな。

その本、というか私が頭でそう考えていたものは、小さな女の子が持っているぬいぐるみ人形の自伝という側面を持つ予定だった。女の子の母親は婦人参政権論者で、刑務所に入れられている。また、その自伝をもっとも読みそうにない読者に関わる側面もあった。スナップチャットやインスタグラムの時代に生きる十代の女の子だ。

それでも書こうと思えば書けるけどね。ママの友達がからっぽの会場で演奏できたのと同じで。

二度と書かなくてもかまわない、と私は思った。無限に時間があるかのように、来る年も来る年も先延ばしにしたのなら。

自分が先延ばしにしない人間なのを、いつも自慢にしてたんじゃなかったっけ、と彼は言った。

私が先延ばしにしたのはその企画だけだよ、と私は言った。彼がいなくなったこの世で振り返ると、多くのことが骨も折れんばかりの重みを持った。ニコライが小学二年生のとき、春休みの初日に外食しないかと私が提案した。でも彼は、春休みはとても短いのにやることはいっぱいあるから、外食で人生を無駄にするわけにはいかないと言った。でもね、人生は長いよ。おいしいご飯を食べる時間はあるよ。私がそう言うと、ううん、人生にじゅうぶんな時間なんて絶対にない、と彼は答えた。

それはやめなよ。未来《アフタータイム》から振り返れば全部が違って見えるよ。

全部じゃなくてほとんどが、と私は無意識に訂正した。

よくもそううるさいほど正確さを求めるよね。

アフタータイムは一つの単語？　私は訊いた。

そうだと思う。ヌーン〔正午〕とアフターヌーン〔午後〕があるし。

ワード〔言葉〕とアフターワード〔あとがき〕、と私は言った。

マス〔計算〕とアフターマス〔結果〕、と彼が言った。

ライフ〔人生〕とアフターライフ〔死後〕。

どれもアフタータイムほどの魅力はないと思わない？

でも、本当に正しく使ってる？

え、そんなことどうでもいいんじゃない、ママ。タイム〔時間〕の後はいつでもアフタータイム〔未来〕だよ。

じゃあ私たちはいまアフタータイムにいるわけ？

ぼくはそうだけど、ママは違う。

どうして私は違うの。

ママは日々を生きてるって言ってた。だからまだタイムの中にいる。アフタータイムでは生きられない。

私は年配のドイツ人女性を思い出した。幼稚園でニコライのお気に入りだった先生だ。彼女は誰よりも楽観的で有能な女性だと私は何度も思った。例外なくやかましくて要求が多い三、四歳の子供たちに囲まれながら、穏やかに機嫌よくしていた。彼女が一度、こんな冗談を言ったことがある。彼女がしたアメリカへの唯一の貢献は、アメリカの祝日である感謝祭で、うちの一家を家族のように受け入れたこと。

ナイン・メンズ・モリス〔ボードゲームの一種〕の遊び方を教えてくれたっけ、とニコライが言った。

うん。この前、ゲーム盤を見つけたよ。

「あの子にもう一度会えたらと願うばかりです。こちらに来るときはどうか電話をください。一緒に泣けるように。私は悲しくてなりません」と書いた手紙を、その幼稚園の先生がカリフォルニアから送ってくれた。「私たちは彼に、生きる準備をさせていると思っていたのに」

ニコライが言った。先生はよくしてくれたよ。ガーデニングのやり方と、チーズ・クリスプと焼きリンゴの作り方を教えてくれた。私たちが好きなあの歌も教えてくれたでしょう。

小さなロバの歌？

そう、と私は言った。ニコライが初めてそれを家でうたったとき、私の目から涙があふれそうになった。

もしも私のロバが
進まなかったら、
たたくと思う？
いいえ、ちっとも！

私はロバを納屋に入れ、
トウモロコシをあげるんだ。
こんなに素敵な小さなロバは
これまで生まれてきたことない！
〔童謡「If I Had a Donkey」より〕

ぼくはほんとに何も知らない幸せ者だったんだな。以前《ビフォータイム》は。
ビフォータイムって一つの単語？
アフタータイム同様、立派な単語だよ。

14　残念賞

クリスマス・イブのためにケーキを作ったんだよ、と私は言った。

うまくいった？

半分はね。作ったのはスフレ・チーズケーキ。見栄えはいいんだけど、チーズケーキっぽくて、スフレっぽくないの。

じゃあ半分は失敗だったんだね。これでお菓子を焼くときのぼくの欲求不満がわかったでしょ。

うん。でも、いいんだ。物語の第一稿がいい出来にならないこともあるんだし。ただしケーキは一稿しか作れない物語だってことを忘れてる。修正がきかないんだ。

でも一から書き直すならどう。私、またやってみる。お菓子作りは物語を作るほど大変なはずがないって思わない？

まだわかってないな、ママ。同じケーキを二回作ることはできないんだよ。同じ川に二度入れないのと一緒。

私たちの誰も元に戻れないのと同じだ。この物語が違う筋書きになるように、そしてニコライがいまでも生きているようにと、元に戻って年月を築く材料を計り直し、各段階をもっと慎重にやり直し、失敗をなくすよう願い、新たな過ちを犯すまいと望むことができないのと。

彼が言った。お菓子作りの話をしてるんじゃなかったっけ。しなくてもいい飛躍はやめなよ。

私は思った。飛躍する必要などまったくない。本から目を上げたり、キッチンで後ろを振り返ったり、花瓶に水を入れたりするたびに、あの記念碑的な不在と向き合うというのに。

記念碑的？　ほんとにママってぎこちなくてやっかいでぶざまな気分にさせてくれるな。

言いたいことを言うのに、似た言葉の重複にやたらと頼るよね、と私は言った。

わかってる。でも実際、記念碑的っていうのは死語だよ。

ニコライの友人が手紙の中で、皆で輪になって立ち話をしていたら、彼が靴にばねでもついているみたいに跳ねていたことを回想していた。別の友人は、散歩に出かけたとき彼が大きくジャンプをして、誰にも届かなかったプラムの実を取ってくれたと話していた。同級生の母親は、秋の晩にオレンジ色の灯《あか》りに照らされた通りを、友達と駆けっこしていた少年として記憶に残るだろうと手紙に書いていた。御影石だろうと大理石だろうと青銅だろうと、身軽に飛ぶ記念碑をどうすれば作れるのか。

スフレ・チーズケーキを追求するほうが、記念碑より気が利いてるんじゃないかな、とニコライが言った。

私は monument《モニュメント》〔記念碑〕という言葉の由来が、ラテン語の *monumentum*「記念物」と *monēre*「思い出させる」であることを彼に話した。私はその言葉を、mind《マインド》〔精神〕、memory《メモリー》〔記憶〕、mourn《モーン》〔悼む〕とともに辞書で調べたことがあった。

彼が亡くなってから、たくさんの言葉を学び直さなければならなかった。

ぼくを思い出すのに記念碑が必要？　ぼくは一切れのチーズケーキで思い出してくれるほうがいいな。

あなたが菓子職人で、記念碑の設計技師じゃないから？

チーズケーキは朽ちてしまいやすいものだから。

お、朽ちやすいという言葉は一度も作品に使ったことがない。

ママが飽きずに使う、避けられないって言葉よりはましだよ。

意味が違う形容詞だよ。

朽ちてしまうものでできた世界のほうが好きだ。避けられないものじゃなくてさ。

避けられないという言葉は、時間を耐えられるものにしてくれる、と私は思った。

朽ちるものがなかったら、時間は意味をなさない、と彼は言った。

わかった。それぞれが違った意見を持っていてもいい。

記念碑的なって言葉をもう使わないと約束してくれればね。ママは形容詞を使う技術をまじで磨かないと。

昨日の夜、夢を見たんだ、と言って、私は話題を変えた。夢の中でパパとJをホテルに迎えに行くんだけど、そのホテルが私たちがロンドンで泊まったホテルに似てるの。

車を運転してたの？

車は近くに停めた。

ママはイギリスでは運転できないじゃないか。左側通行のやり方がわからなくて。

だって夢なんだよ。ホテルの入口まで来たら、突然あなたが隣を歩いてるの。

夢の中でニコライは、お気に入りの青い縞のTシャツを着て、ママ、お腹空いた、と言った。その声を聞いた瞬間、目が覚めた。私は現実と非現実が、夜と昼や暗さと明るさのように分かれる前に、彼の笑顔と声を脳裏で何度も再現した。

ぼくも同じ夢を見たって言えたらいいのにな。そうしたら本当に起こったことみたいじゃない？

死者が出てくる夢を見たと語っていた数人の人たちのことが、私の頭に浮かんだ。たいてい、夢はあの世から何かを伝えてきたしるしだと解釈されていた。でも、夢は私たちの頼りない頭が作り出した、日々のプロローグやエピローグにすぎない。

私は言った。そうだったら恐いよ。それぞれ独立した人生を送る人たちが、夢の中でも独立した存在として会うわけないんだから。

そのうちの一人がもう生きていないとしても？

独立した人生はすでに生きたものだから、それについては何も変わらないでしょ。

でもあんまりだな。自分の夢の中に誰かが入りたいと思っているかどうか、どうすればわかる。

夜、あなたが私にお腹が空いたと言うよりも、隠れんぼするほうがいいと思ってることがどうすればわかるか、みたいなことかな？　残念、わからないよ。でも他の人に夢でつかまえると決められたら、どうしようもない。

それじゃ基本的に夢っていうのは、夢に見る相手に誰彼かまわず押しつける悪事？

自分に与える悪事になってる場合もあるよ。関わりを持ちたくない人たちも夢に入ってくるんだから。

じゃあお菓子作りと一緒だね、と彼は言った。

お菓子作りは夢見るのと逆だと思ってた。厳密な作り方があって、すべてを管理できて、それで最後に適切な成果を得る。

ママはチーズケーキを作るとき、ちゃんと管理した？

うん。でもそれは、あなたみたいな腕のいい菓子職人チャーリー《エイブル・ベイカー・チャーリー》〔英語でＡＢＣを正確に伝える音声コード〕じゃないから。

ひどいシャレ、と彼が言った。

何。

ABCだよ。アメリカ生まれの中国人《アメリカン・ボーン・チャイニーズ》。この言葉、ぼくと仲間たちが絶対に使わないことは知っといて。

えっ。ぜんぜん思い浮かばなかったよ。私はリチャード・スキャリーの絵本に出てくるチャーリーのことを考えただけ。

私はニコライが小さいとき、『皆は一日何をしているの』というリチャード・スキャリーの絵本に魅了された。かつて教鞭をとっていた大学で、ある学部長とコーヒーを飲みながら面談していて、何やら含みがあるらしい言葉の意味をつかめなかったとき、私は反射的に口走っていた。あなたは一日何をしているの。

ママって前からさ、何で生計を立ててるのか人に訊くのが好きだよね、とニコライは言った。

訊いてるのは生計についてなんだけど、それは妥協でね。本当に訊きたいのはこれなんだよ。一日何をしているの。

ほんとにおせっかいで、出しゃばりで、ずうずうしいよね。

私たちが生きるところが日々なら、その日々を人々がどう生きているのか、これからもずっと知りたくなるだろう、と私は思った。

なんで、と彼が訊いた。

自分には答えられない疑問の答えを、他の人たちが持っているように感じることはない？

でも他の人たちもこっちを見て同じことを考えるかもね。一日何をしてるのってぼくが訊いたら、ママは何て答える。

そうだな、あなたが知ってるようなこと。読書する。執筆する。料理する。窓の外を見る。あなたは一日何をしているの。

そうだな、ママが知らないようなこと。夢を見る。夢を見る。考える。夢を見る。

どんな夢を見るの。どんなことを考えるの。

教えない。

そう、わかった。

二人とも口をつぐんだ。私は昨夜見た夢のことを考えた。彼のお気に入りだったので作らなくなった古い料理があり、それ以降作るようになった新しい料理があった。子供が苦しいと言っているのに、親としてほとんど何もしてやれないだけでもつらいのだ。ましてや子供の空腹を癒やすために何もできないときは、途方に暮れるどころではない。

ちょっと待った。拡大解釈はやめなよ。ぼくはお腹空いてない。ママが夢に見ただけだから。

いまでも苦しい？

一日何をしてるのかよりひどい質問だな。誰かに挨拶するときを思い浮かべてみなよ。こんにちは、お会いできてうれしいです。あなたは苦しいですか。いまでも苦しい？ くだらない質問をすべきじゃないって言ったのはそっちだよ。

彼はしばらく黙っていたが、ママが苦しいっていう言葉をどういう意味で使っているのかによる、と答えた。

私はsuffer《サファー》〔苦しむ〕という言葉を調べた。由来は*sub*「下から」と*ferre*「耐える」。

じゃ、ぼくがまだ生の重みに耐えなきゃいけないのかどうか訊いてるんなら、もう苦しんでないよ。

耐えなきゃいけないって何に、と私は言った。

物理的な肉体があろうとなかろうと、ぼくがいつも抱えているもの。

私は窓台で枯れかけているアジサイの花瓶の位置を直した。ときおり心がかき乱されると、部屋から部屋を歩き回った。どの部屋にも物があふれている。彼の新居の静物《スティル・ライフ》。いまなお《スティル》この世《ライフ》にある静止した生《スティル・ライフ》。何年にもわたって、彼は問いかけてきた。苦しみについて書くなら、苦しみを理解しているなら、なんでぼくに命を与えたの。私は彼に、満足いく答えを返せたことはなかった。

二人とも悲しくなっちゃったね。ぼくたち、お互いを悲しませる名人だな。

私はあなたを怒らせるほうが上手だと思うけど。

確かに。しょっちゅう言い合いになるよね。

亡くなってから振り返ると、私たちがしていた口論のどれもが約束や願いをめぐるものだった。母親がほとんど果たせないような約束や、実現しないんじゃないかと子供が疑うような願いだ。人生は大変だけど、辛抱していれば最後にはうまくいくからね、と私は何度も言い聞かせた。すると彼が言うのだ。辛抱辛抱ばっかり。いつかぼくが年をとったら、何もかもよくなるって本当に思ってるの？ もう怒ってないよ、と彼が言った。

わかってる。

何度もあった激しいやりとり——私はあれを一体となって乗り切ったと思っていた。でも心の痛みのすべてを理解できていなければ、本当に一体になることなどないのかもしれない。

そうだ、忘れてた、と私は言った。ケーキを焼いたとき、一つ覚えたことがあるの。どうすればクッキングシートをずらさずに立たせておけるか、わかったんだよ。

どうやるの。

ニコライがケーキを焼くときに生地を流しこむ間、きれいに円の形にしたクッキングシートを垂直にしておくのに、二人で苦心したことが二、三度あったのだ。

私は、やってみせてあげられたらいいのに、と思いながら、教えてあげない、と言った。

いいから教えてよ。隠す価値があるものは無数にあるけど、お菓子作りのちょっとしたコツなんてそんな価値もないだろ。

生きがいにする価値があるものは無数にあって、その中にはお菓子作りのちょっとしたコツも入る、と私は思った。

自分でもそんなこと信じてないくせに、と彼は言った。

私たちが何も信じなくていいとしたらどうする。生きるには、分解《レゾリューション》しか必要ないのかもしれないよ。

それ、新年の決意《レゾリューション》みたいなこと？　その真髄は、続かないことだと思ってたけど。

　そうじゃない。

じゃあそのレゾリューションは、答えを見つけるというか、解決《ソリューション》みたいなこと？　ママはうまく答えてくれないけど、ぼくはぼくなりの答えをもう見つけたよ。

時間の分解《レゾリューション》みたいなことだよ。年を日に、日を時間に、時間を分に分解する。

でも、そうやって粉々にされた時間は、人を呑みこむ泥沼になるって気づいてた？

うん、じゅうぶん承知してる、と私は言った。

それでも泥沼の上に生きると決意してるの？

あなたが泥沼と呼んでいるものが、私たちの現実なんだよ。

ママとぼくの現実ってこと？

そう。それが私たちの遺伝子。

なんでぼくたちは他の人たちみたいに生きられないの。地面は丸いことが発見される前の、平らで固い大地の上でさ。

他の人たちは違う種類の泥沼の上に生きてるんだよ。

ほんと？

わからないけど、そんなふうに想像するのが好き。

ぼくはそう思わない。泥沼の下にあるのは何。

下に何があるか？　わからない。

ぼくたちは、わけもなく奈落の底に落ちたりしない。

では、私たちが試みを続けたとしたらどうだろう、と私は思った。奈落を、自然に生きられる場所に変えられるとしたら？　苦しみを髪や目の色のように受け入れるとしたら？　陰鬱な時代を生きた親が、子供にこう確信させることができるとしたら？　私たちに必要なのはどこかへ導いてくれる光ではなく、どこでもないところにいる決意なのだと。たとえそれがずっと永遠であっても。

それから何。完璧でないことに、ずっと永遠に耐えていくんだってぼくに確信させるわけ？

完璧な人なんていないの。

よく聞く台詞だね。ぼくには何の意味もないよ。

人生は完璧じゃない。でも何らかの意味がある。違う?

うん。それは残念賞だな。でも、ぼくは残念賞のために生きることはしないんだよ、お母さん。

15　二度はない

あの季節が来たよ。新年の決意を考えてるところ。私は言った。
去年や一昨年は何にしたか覚えてるの、とニコライが尋ねた。
日記をさかのぼって捜してみればね。
はあ。
でもやっぱりリストを作ってるんだよ。
うーん何かな。ケーキをたくさん焼く。
どうしてわかったの、と私は言った。
どれほど想像力に欠けてるか知ってるからさ。もし乗馬とかビールの醸造とか養蜂とか天体観測とかだったら、当てられなかったんじゃないかな。

私がお菓子作りをしても嫌じゃない？

どう思う。お菓子作りはぼくの縄張りで、料理はママの縄張りっていうのは。

でも、あなたも料理を学んでるじゃない、と私は言った。

私は、二人とも現在形を使っていることを強く意識していた。

お菓子作りは、ぼくの瞑想。

知ってる、と私は言った。彼は動揺するとよくお菓子を焼いていた。

ママにとってお菓子作りは何。ぼくの瞑想をママがやるわけにはいかないよ。

回想、と私は考えた。

お菓子作りは修正がきかないからね。覚えといて。

編み物はきくよね、と私は言った。

編み物もやるの？

幼い頃、毎年夏になると伸びきった古い毛糸で編み物の練習をやらされた。赤《あか》錆《さび》色の毛糸の固い繊維が、汗ばむ腕にちくちく触れるのが嫌だった。一日の終わりに、編んだものを母親に調べられるのも嫌だった。でも何より嫌だったのは、毛糸玉を使い果たしたら、ほどいて最初からやり直さなければならなかったことだ。こういうことを、彼には一度も話したことがなかった。彼は私が編めることを初めて知ったとき、感心していた。

編み物なんてぜんぜんしそうに見えないからってだけ、と彼が言った。

どうしてそう思うの。

編み物好きはね、同じことの繰り返しに喜びや慰めを見出すんだよ。ママは同じ文章を何度も書ける？

人生に一定量の反復が要求されるとしたらどうする。私は同じ文章や物語を何度も書くことはできないけれど、編み物でその要求を満たすことができるかもしれないよ。

少なくともママはお菓子作りより編み物のほうがうまい。編み物をして失敗しても、何かを得ることは可能だしね。自己啓発本によく書いてあるだろ。過程を楽しめって。

珍しくほめてくれてありがとう。

ママが編んだタコ《オクトパス》、覚えてる？

ほとんど忘れかけていた。ニコライが中学生のとき、シークレット・サンタ〔匿名でプレゼント交換をするゲーム〕をやるのでタコを編んでくれと頼んできた。二日で、と言うので、まさかでしょ、と答えると、そのまさか、と彼は言い張った。でも二日が過ぎる頃にはタコを渡していた。真っ白な胴体から水色の触手が伸び、左右のビーズの目は色も大きさも違っていた。彼は翌日帰ってくると、友達のためにあと七つのタコ《オクトパシズ》を作るよう注文した。

オクトパイだろ。オクトパスの複数形をオクトパシズって言ってるの聞くと、嫌なんだ。

いいよ、オクトパイね。語源的にはどっちも正しいけど。

オクトパイのほうが学識高い感じがする。で、編み物をまた始める気になってるわけ？

もう、ちょっとだけ編んだんだよ。

いつ。

少し前にね、と私は答えた。ニコライが亡くなってから何日たっても何週間たっても、大半の時間を彼の部屋で過ごしていた。編んではほどき、編んではほどきながら。

どの毛糸を使ったの。

明るい黄色。

何を編んだ。

どうってことないもの。

どうってことないものを編む前は何を編むつもりだったの。

あなたみたいにマフラーを編もうと思ってたよ。でも、目をかぞえまちがえて何度も最初からやり直した。

ニコライはマフラーを四、五本編んだ。それを夏にチベットに行ったときに巻いていて、この冬も使うつもりでいた。

彼が言った。好きなだけ修正できることもあるんだけど、結局はうまくいかないんだよね。だからお菓子作りのほうがまだましってことにもなりうる。

あなたのマフラーはどれも上手にできてたよ。

ぼくは目をかぞえるのが得意だからさ。

私も手伝ったんだよね、と私は言った。彼は私に向かって、覚えておいてとやみくもに数字を叫んだものだ。私の携帯電話にはまだ数字がいくつも入っていた。

ママはそういう数字をうまく使いこなせないんだと思う、と彼は言った。

じゃあ、新年の決意のリストに編み物も入れるべき？

編み物とお菓子作りをどっちも入れたら、感傷的になりすぎるんじゃないかな。もっと何かできるでしょ。

音楽はどうかな、と私は言った。

えっ、オーボエを習うには年をとりすぎだよ！

オーボエじゃない。ピアノ。

いつか「エリーゼのために」を弾けるように？

私が子供の頃、うちの玄関の呼び鈴と、隣の二軒の呼び鈴がどれも「エリーゼのために」を奏でた時期があった。しかも、バッテリーが切れかけている古いメロディー付きカードみたいな、最悪の演奏で。私は、その曲には耐えられない、と言った。

わかるよ。ピアノを習う大半の生徒がその曲を弾かなきゃいけないから、ママがそれを見越してピアノを断念することを期待しよう。

アコーディオンをまたやろうかな。

いい考えだね。パブに演奏しに行くことだってできるしね。にぎやかに陽気に。少し化粧でもして、奔放なボヘミアンの才能を発揮してさ。

私の趣味にことごとく反対するよね。

ぼくは現実に即して責任を果たそうとしているだけだよ。ママが一月十日までに挫折しないようにさ。

自分のために辞書を買ったんだ。私の決意は、毎日それを勉強すること。

ぼくに追いつくために言葉を学び直す必要があるから？

サミュエル・ジョンソンの『英語辞典』、と私は読み上げた。

いいんじゃない。

ジョンソン博士がどんな人か知らないから、いいんじゃないなんて言うんだよ。何博士だって? ああ、はいはい。知らないよ。

でも、ちょっと優位に立ったところで喜びなどなかった。彼にはいつか知って好きになってもらいたかったものが山ほどあった。彼は亡くなる前の週、英語の授業で『マクベス』を勉強するのを楽しみにしていると話していた。私は『戦争と平和』にもう一度挑戦してみるよう、ときおり促していた——彼は中学一年のときに百ページ読んだが、ぜんぜんわからないと言っていたのだ。フランス語の会話には英語の翻訳の脚注がついているという事実に、彼が気づいていなかったことを私は後で知った。ただでさえ分厚い本なのに誰が脚注なんか読むんだよ、と彼は反発した。友人の一人が、ニコライの追悼集会でウォレス・スティーヴンズの詩を読んでくれた。スティーヴンズの詩の一つだけではなく全作品、つまり彼の一生の仕事が、ニコライのことを繰り返し思い出させる。絶望から逃れる道や方向がわからなくても、精神を広げることはできる。広げることによって、いつか絶望が耐えられるものにならないともかぎらない。彼の机にいまでも本を置けたらいいのにと思う。ウォレス・スティーヴンズの詩集も。

彼が言った。ああ、こうできたらとか望むのやめて。望んでも傷つくだけだから。

望むことに数分費やして何の不都合があるの、と私は思った。もっとも深い心の傷はこれからも開いたままなのに。夜となく昼となく、ずっと。

だったら気晴らしを見つければ。あれこれ望むのは、気を紛らわせるいい方法とは言えないよ。

私はマリアン・ムーアの一文を読んで聞かせた。「喜ばせてくれるものも、支えてくれるものもなかったら（でも食べ物と新鮮な空気はあるなら）、私たちは〝いまはだめでも、また後で〟と言うべきであって、ふさぎこんだりしてはいけません」私はよくこの文を読み返し、自分に言い聞かせていた。いまはだめでも、また後で。

もし気づいてないいんだったら言うけど、ぼくはふさぎこんだことなんかない。

もちろん気づいてる、と私は言った。

彼の喜びも苦しみも、暗く沈んだ雰囲気ではなく、そこにふさぎこむ余地はなかった。でも、もしふさぎこむことがムーアの言う「後」に至る架け橋だったとしたら？ 私はそんなことを考えた。

彼が言った。後なんてないよ。いまの次はいまで、その次もずっといまっていう人間もいるんだ。

それはよくわかる、と私は思った。彼の死からちょうど三ヶ月。季節は移り、自然界の命のすべてが季節に命じられるまま変化した。彼らにとって後の次は後であり、その次もずっと後だ。いまに立ち止まらず進み続けなければならない彼らは、どんな類のいまも永久不変にすることは望めないのだから。親しい友人が言うには、これほど身を入れて年月をかぞえる動機は二つしかない。赤ん坊が誕生した後と、愛する者が亡くなった後だ。三ヶ月は永遠のように長く感じられる。でも、いまの次はいまで、その次もずっといまなら、一瞬のように短くも感じられる。だからその友人にはこう言わなければならない。生まれる場合と死ぬ場合では違いがある。新生児は一時間ごと、一日ごと、一週間ごとに成長するが、子供の死は一分たりと古びない。

これって、ふさぎこんでるとみなせるのかな、とニコライが尋ねた。

何のこと。

無駄なことを考えこんでる。

誰にとって無駄だっていうの、と私は跳ね返した。

ママってときどきぼくみたいなこと言うよね。ぜんぜん母親らしくない。

あなたもときどき私みたいなこと言うよね。

すごい恐怖だな。自分が親から何かを受け継いでるのがわかるのは、どんな子供でも嫌なものだよ。

それがいいことでも嫌なのかな、と私は尋ねた。

悪いこともついてくるに決まってるのに？

ニコライが二、三度、こう言っていたことがある。数学や科学の遺伝子は父親から得て、言語や勤勉さの素質は母親から得て、音楽とスポーツとユーモア感覚は自分で得て、弟からは賞賛を得たと――でも彼が自分自身をそんなふうに見られることはめったになかった。満足という言葉は彼の辞書になかったから。

ときどきね、ときどきだけど、どうして親は子供に命を与えるのかっていうあなたの質問は、的を射てると思うときがあるよ、と私は言った。

どっちでもいいけどさ、なんで与えるの。

当てずっぽうな希望、または都合のいい考え。

ほら、いまふさぎこんでる。

ううん、これは違うよ。気づいてないんだったら言うけど、私もふさぎこんだりしないの。

わかった。それは認める。

私は思った。でもふさぎこむことこそ、ふさぎこまない人間にとって必要なことだとしたら？　ふさぎこんでいるうちは、人は自殺しない。

彼が言った。変えようがない長所か短所があったら、それを貫くべきじゃないかな。もし渡り鳥だったら、飛べない鳥になっちゃいけない。飛べない鳥なら二ユージーランドから出られない。

ていうよりオーストラリア?

どこの島だっていいよ。

オーストラリアには一緒に行かずじまいだったね。ロージーのこと、覚えてる?

ロージーはオーストラリアの農場で育ち、五歳のときにわが家を訪ねてきた。Jは六歳で、ニコライは九歳だった。彼女は帰る日、以前のわが家の車道を歩いていったが、振り返って目に涙を浮かべながら男の子たちに手を振り、大声で言った。すぐに会いに来てね。年をとらないうちにね。

細かい記憶までいちいちたどって泣くのはよしなよ、ママ。

泣いてることがどうしてわかったの。

ロージーは、古きよき時代が決して続かないことの典型《クウィンテセンシャル》的な象徴だから。

クウィンテセンシャルね。それはクウィンタスと語源が同じだって知ってた?

犬のクウィンタスは、生まれて九週目にわが家の一員になった。ラテン語で

「五番目」という名前をつけたのはニコライだ。一家の人間四人の次だから。
ニコライは黙っていた。クウィンタスを懐かしく思っているのだろうか。
同じ川に二度は入れない、と彼が言った。
一度だけでも大変な場合があるよね。それをやったあなたは立派だと思うよ。
しかも、私が知る多くの人たちよりも立派にやった。
ああママ。哀歌《エレジー》みたいな言い方やめて。
私は思った。違う、哀歌じゃない。親は子供の哀歌を書くべきじゃない。
そんなに悲しまないでよ。ふさぎこむなって。
詩を読んであげようか、と私は言った。
それでママの気分がよくなるならね。
それで私は、ウォレス・スティーヴンズの詩を読んで聞かせた。

　瀑布《ばくふ》のこの孤立

まだらの川のことを、彼は二度同じように感じなかった。
川は流れ続け、二度同じようには流れずに
まるで一ヶ所にじっととどまり、野生のカモが羽ばたきをする湖のごとく、
不変であるかのように、多くの場所を流れ、
水面に映る普通の影を、頭に浮かぶ思いのようなモナドノック山を、波立たせた。
口にされないアポストロフィがあるみたいだった。
決して現実のものではない現実のものがたくさんあった。
彼は何度も同じように感じたかった。
彼は川が同じように流れていくことを、

流れ続けることを望んだ。彼はそれに沿って、

スズカケノキの下を、しっかり釘付けにされた月の下を歩きたかった。
彼は野生のカモも、山々ではない山々もない、永久の悟りの中で

心臓の鼓動を止めて、頭を休ませたかった。
ただ知るために、

破壊から解放されて、どんな感じなのか知るために。
青銅の男になって、古い石《ラピス》の下で呼吸することが。

惑星が進みゆく振動なしに、
時間の鮮やかな青の中心で、青銅の呼吸をすることが。

〔「This Solitude of Cataracts」
The Auroras of Autumn 所収〕

16　飛びかっていない答え

シェイクスピアをまた読み始めたよ。

やめてたなんて知らなかった、とニコライが言った。

彼は知らなかっただろう。一年あまり前の大統領選挙の翌日、皆に朝食を作る前に毎朝シェイクスピアの作品を読む、と彼に話した。戯曲を年代順に読み、一回でも二回でも四年間で読めるだけ繰り返すのだと。それを、ニコライが亡くなった翌朝にやめた。私たちが過ごした最後の朝――食卓の上で分厚い本を広げていたら、彼が寝室から出てきたのをまだ覚えていた。学校の近くで車から降ろすまでに彼と交わした言葉のすべてを、私は覚えていた。

言葉のすべてなの、と彼が訊いた。

うん。

なんで確信が持てる?

なぜなら私にとって不安な八時間があり、その間に朝のことを一つ一つたどり直していたからだ。でも、このことは彼に教えなかった。私は言った。アイルランドに行ったとき、私を責めたの覚えてる? 私がウェイトレスと同じなまりで料理を注文したから。彼女をばかにしているみたいだと思ったんだよね?

それ関係ない話だろ。交わした会話の一部を覚えてるって言うなら信じるけど、全部? すべての言葉?

私は十歳になったときに決意したの。知り合いの誰も読み切れないほど、たくさんの詩を暗記しようって。その習慣は二十代になるまで続けたんだよ。

いまぼくたちの会話は平行線をたどってるな。

私が言おうとしてるのはこういうこと。映像で生きている人もいれば、音で生きている人もいる。私は言葉なの。私に語られた言葉。私に向けられていなくても、とにかく私が選んだ言葉。それから、書かれた言葉。意味をなす言葉に、意味をなさない言葉。

じゃあ、ママの脳は言葉のハエ取り紙みたいなものなんだ。

うわ。それは取り消してもらいたいな。これから自分の脳がいつもなんだか気になっちゃう。

LOL〔laughing out loud の略で、笑うという意味〕、と彼が言った。

私は口をつぐんだ。遠く離れていても、彼が言うことは聞こえた。彼が最初にインターネット用語を取り入れた頃、私は長いことLOLを「たくさんの愛《ロッツ・オブ・ラブ》」という意味だと思いこんでいて、彼にそう言われたら大切に胸にしまっていた。勘違いが明らかになると、ニコライとJは私のとろさを笑う楽しい時間を過ごしたのだった。

北京の頤和園《いわえん》で見たハエ取り紙を覚えてる？　ニコライが尋ねた。

私たちが頤和園に出かけたのは一年と少し前の、スモッグに煙る朝のことだった。ホテルを出るとき、太陽が高層ビルの横でオレンジ色の金属のような光を帯びていた。私はそこから一日の行程をたどり直すことができる。ボートに乗ったり、歩いたり、言葉遊びをしたり、湖の周りのハエ取り紙をかぞえたりしたことから、タクシーの運転手との会話に至るまで。運転手は、アメリカに住んでいることが私にとってどういうことであるべきか、そして中国の伝統にのっとってどう子育てすべきかを、私にくどくどと説明した。何も知らないことですぐ専門的意見を披露しようとする人が多すぎる。車が多すぎて交通渋滞を起こすみたいだ。

私はそんなことを考えていた。

覚えてる。会話を盗み聞きしてたんだ。ママが気の毒だったよ。

ニコライは盗み聞きが上手だった。盗み聞きは昔、犯罪だったんだよ、と私は言った。

知ってる。ママが講演で盗み聞きについて話すのを何度も聞いたからね。フィクションを書くのは、登場人物の心を盗み聞きすることなんでしょ。

彼がそう言ったとき、私は盗み聞きについて二度と講演で語ることはないだろう、とふと思った。

なんで語らないの。

ある人生から次の人生にすべてを持っていくことはできないものなの、と私は言った。

でも、いいものを置いていっちゃうのはなんで。盗み聞きの話を聞くの、わりと好きだったんだけど。

私は思った。だったらなおさら、あなたのもとに置いていくほうがいい。ゴッホの「星月夜」がプリントされた、青と黄色が鮮やかな私の絹のスカーフとともに、彼を送り出したときのように。そのスカーフは私のお気に入りだったが、彼も気に入っていた。

盗聴か。窃盗行為だね。ぼくがその気になれば、いまはますますうまくやれるってわかってる？

確かにそうだろうな、と私は思った。最後にその行為をやったのはいつ、と私は訊いた。

ママの友達と昼ご飯を食べたとき。覚えてる？

それが最後だったことは彼に訊くまでもなかった。その日、彼は『大いなる遺産』を目の前に広げていたが、友人と私の意見がかみ合わなくなり出したら、笑みをこらえきれなくなった。何のことで口論していたんだっけ、と私は言った。小説をどうしたいと頭に思い描いているのかってママの友達が訊いたら、主人公は他の誰よりも長生きするから、もっとも優しい復讐についての本なんだってママは答えた。で彼女が、それは残酷な感じがするって言ったんだけど、ママは残酷じゃないって言った。その人物は生き続ける以外、傷つけるようなことは何もしていないんだからって。

そのとき、二人ともニコライのほうを向いた。彼が聞いているのはわかっていた。あなたの意見は、と友人が尋ね、「復讐」という言葉の定義を教えた。同じ目に遭わせて仕返しすること、報いとして危害を加えることだ。すると彼は、うん、どんな復讐も残酷だろうね、と言い切った。

いろんなことをよく覚えてるね、と私は言った。

ママが記憶力を自慢できるんだったら、ぼくだって。

私たちがともに覚えていることと、それぞれ違う形で覚えていることと、めいめいが独立して覚えていることがあった。私はその日、嵐なのに彼と彼の友人を後でエンパイア・ステート・ビルに連れていった。彼らは激しい雨の中、展望台を駆け回っていた。私は通りに夜の灯りがともる前に、街の写真を撮った。空はどんよりと灰色に曇り、街はコンクリートの建物で灰色で、ただニューヨーク・ライフ・ビルの上にあるピラミッドだけが金色だった。話題を変えようか、と私は言った。あれこれ思い出しては泣いて、また思い出すの繰り返しになりそう。

そもそも始めたのはママなんだよ。記憶取り紙で言葉のすべてをつかまえるこの会話。

私が始めたんだよね。記憶取り紙は、まだ口にしていない言葉もつかまえるの？

まだ生まれていない翌年のハエをつかまえる今年のハエ取り紙みたいな感じ？記憶は未来と過去の両方に働くって言う白の女王みたいな感じ？

ああ、白の女王が主張してたことを忘れてた、と私は言った。

ママとぼくで話ができるんだから、不可能なことは何もないよ。

私は思った。でもいつか、人々は彼と私のこういう会話に疑問を抱くだろう。精神異常か信仰心か、または両方、などと言い出す人もいるのではないか。

そんなこと本当に心配してるの、と彼が訊いた。

ううん。

だったら、なんで一秒でもそんな考えに費やそうとするわけ？

ああ、頭もあっちこっちの考えをつかまえちゃうんだよ。ハエ取り紙みたいにね。それに……。

それに、何。

何でもない。

途中でやめるな。少なくとも最後まで考えてよ。わかるように。彼が言った。

それに、世間から守らねばならないという問題と、いつか向き合わざるをえないかもしれない、と私は思った。

自分を守るの？

違うよ。

ぼくを？

そう。

ぼく？　ぼくを？　ママ、そんなことぜんぜん考えなくていいのわかってるだろ。ぼくがいま誰かに守られる必要があるって？　ありえない。世間では死者についてよくそういうふうに言うけどね。死者は守られなければならないって。それはただ、自分がびくついてることに言い訳が必要だからってだけ。

どうしてそうなるの。

皆、死者が何を望んでいるかわからないからさ。しかも、それがわかるのが恐いんだ。

わからないのも恐いんだよ、と私は言った。

ママは？

わかるのが恐いか、わからないのが恐いか？　私はね、わかるのは恐くない。

じゃあ、わからないのは恐い？

うん。ときどき。ちょっとね。

ぼくに訊けばいいじゃないか。

それが恐いのだと私は思った。どんな疑問が浮かんでも、私が彼に代わって答えなければならない。私たちが共有する世界には限界があった。たとえ私たちの言葉に限界がなくても。

もしママが思いも寄らないような答えを、ぼくが言って驚かせたらどうする。

やってみようか。

ただしくだらない質問はしないこと。

朝食に何を食べたか、みたいな？

ていうか、自分がしたことを後悔してるか、とか。生きていたときが懐かしいか、とか。

私は、彼が小学三年生だったときの理科研究発表会を思い出した。生徒の親の一人が、教室の向こうのほうから私たちに声をかけた。そこで何をしているの、ニコライ？　すると、発表用のポスターの横に立っていた彼は困ったような顔をして、ぼくは……えーと……生きてます、と答えた。忘れてた。でもそれは、ぼくが言いたいことを示してる。わかりきった質問はするなってことだよ。

いま彼がいる場所に後悔はあるのか。郷愁はあるのか。わかりきった質問だとしても、私には答えがわからなかった。彼に訊いてみようと思ったことはなかった。もっともな質問だと気づくべきだったか。

彼は言った。二人ともそういう質問をまぬがれてありがたいね。じゃあ、何を訊きたい。

私は、息子を六年前に自殺で失った母親と会ったときの話をした。彼女は強い確信をいくつか持ち合わせた女性だった。息子とニコライはすでに天国で会っており、親同士をこの世で会わせようとした、という確信もその一つだ。

なんだ。それが訊きたいこと？　ぼくが天国に行って、境遇が似ている友達を何人か作ったかどうか？　さて、似ているといっても——文化的にではなく、民族的にでもなく、社会経済的にでもない——ここで正しい修飾語は何でしょう。

ふざけないで、他の人たちの境遇を重んじるように。

はいはい。ぼくのために天国を思い描いたりしないんだったらね。

ニコライの友人が追悼集会で、彼に捧げる詩を読んでくれた。それはこんな一節で終わっていた。「私は無神論者／でもそれを変えられる人が一人いるとしたら／あなたです、ニコライ」私はこの詩のことを彼に話した。

ぼくは誰のことも変えたくない。ぼくのせいで誰にも変わってほしくない。

残念だけど、それはあなたが決めることじゃないの。

別にいいよ。でも彼女は詩を書いてるにすぎないってことはわかってないとね。

ママがここで物語を書いているみたいにさ。

そうだね。でも詩と物語は、語り得ないことを語ろうとしているんだよ。

ママは言葉は不十分だっていつも言ってるよね。

言葉は不十分。それはそうなんだけど、言葉の影は語り得ぬものに触れられることがある。

言葉に影はできないよ、ママ。言葉はページの上で生きてるんだから。二次元の世界で。

　それでも、私たちは言葉にいくらかの深みを求めるじゃない？　三次元の世界にそれが見つからないとき。

　ママが求めるって意味？　ぼくはいま何も求めてないから。

　といっても彼は、言葉で作られた二人のこの場所に、私を好きなだけ浸らせていた。

　あなたに訊きたかったのはね、私たちの会話をいつまで続けられるかってこと。続けられるか？　それはママが決めることだと思ってたけど。これを始めたのはぼくじゃない。そっちだよ。

　私だよね。

　だからその質問は自分にすべきなんだ。いつまで会話を続けるつもり？

　私は考えた。明日、明後日、いつまでも、永遠に。どれも正しい答えではない。

　彼が十七歳になるときがやってくる。それから十八歳、二十歳、二十六歳、三十歳、三十六歳になるときが。生きるはずだったのに、決してそうしない日々が。

彼を永遠に十六歳にしておくのはまちがいだろう。いま、また後で、それから、それから。

ママはフィクションを書くよね、とニコライが言った。

うん。

だったらどんな状況でも好きなように作り出せばいい。

フィクションはね、作り出すんじゃないの。ここで生きなければならないように、その中で生きなければならないの。

ここはママがいるところで、ぼくがいるところじゃない。ぼくはフィクションの中にいる。ぼくはいま、フィクションなんだ。

じゃああなたがいるところは、そこ。そこは私が生きるところでもある。

まぎらわしくない？

小説をまた書き始めたことは話したっけ？

あの昼ご飯のときに話してたやつ？

そう、と私は言った。

ママが生きなきゃいけないもう一つの世界だね。

そうだよ。

その本だけは読むことができないんだな。

その本だけは読む必要がないよ。

小説の中で、ある女性が四十四歳のときに子供を自殺で失う。四十四歳の私に、同じことが起ころうとは思いもしなかった。他にも、小説を書いているときには知らなかったことがいくつもあった。

うっ、これで皆に責められるな。小説を出版したら、ママはぼくのことがあったから女の人をそういう身の上にしたんだって、皆思うだろうからね。

思いたいように思えばいいよ。

ママは心の準備をするために、その小説を書いてきたのかもしれないね。

もの書きになってからずっと、心の準備をするために書いてきたんだ、と私は思った。

この会話はどこへ向かっていると思う、と私は尋ねた。

いつまでか訊いたり、どこへ向かうのか訊いたりしてるけどさ、その疑問に答えるのはママだよ。

時間は一方通行だ。でも精神はあちこちの方向に向かう。一方通行の道からどこまでそれたら、私たちは消えたとみなされるのか。そして消えていなければ、また見つけられることもあるのだろうか。

答えは言葉みたいにあたりを飛びかっていないな、と私は言った。

疑問は飛びかってるよね？　彼が言った。

ほんとにね。

訳者あとがき

本書はイーユン・リーによって英語で書かれ、二〇一九年二月にアメリカで刊行された *Where Reasons End* の全訳である。第一章のみ、先に短編として「ア・パブリック・スペース」誌（二十六号、二〇一八年）に掲載された。

この小説は、自死した少年とその母親が生と死の境界を越えて会話を交わし、それを母親が小説として書くという、他に類を見ない設定になっている。心に深い傷を負った語り手である母親は、深刻な事件からさほど時がたっていないのに、ほぼ普段どおりと思われる、驚くほど冷静な会話を始める。死の「境界線」の向こう側にいる「完璧主義者」の息子も、決して感傷的にならない。まだ反抗期が終わっていないのか、面食らうほどの毒舌で議論を闘わせたり、批判をしたり、疑問をぶつけたりする。ささいなことで二人の口論が始まるので、これが本当に母親が望む最後の会話なのかといぶかしく思えるほどだが、それは彼女が息子の死を受け入れられずにいるか、あるいは彼を取り戻そうとして、生前と同じ調子で会話を続けようとするからだろう。だから息子はもう亡くなっているのに、懸命にいい母親でいようとして息子にためになることを教えたり、せめていい話し相手になろうと努めたりする。その姿はあまりにもせつなく、読む者の心を打つ。全体が十六章に分かれているのは、息子が十六年生きたことと関係があるのだろう。

著者のリーはこの小説を、十六歳の長男を自殺で亡くしてから数週間後に書き始めた。彼女は北京大学時代の恋人とアイオワ州で結婚した後、二〇〇一年に長男を出産した（三年後に次男が誕生）。それからしばらくは子育てをしながら大学院の創作科に通い、小説を書き続けた。そして初めて二〇〇三年に短編「不滅」が文芸誌に掲載されて小説家としてデビューすると、次々に文学賞を受賞するなど脚光を浴び、その後は大学で創作を教えながら順調に作品の発表を続けてきた。

でも私生活は厳しい試練の連続だった。子育ての道のりは平坦ではなかったし、彼女はうつ病と闘っていた。二〇一二年には二回自殺未遂をして入院した。二〇一六年には、彼女にとって師としても友人としても大切な存在だった作家のジェームズ・アラン・マクファーソンとウィリアム・トレヴァーが、立て続けに亡くなった。そして二〇一七年秋、長男が自死した。

家族を自殺で失った人々にインタビューし、一冊の本にまとめたカーラ・ファインはこう書いている。「（全米精神医学協会によれば）愛する者を自殺によって失った場合にこうむるストレスは破滅的レヴェル――強制収容所暮らしを経験するのにほぼ匹敵する――に達するとされている」

リーは息子の死後、深い悲しみを表現できている本はないかと、いろいろ探して読んでみたそうだ。エウリピデスのギリシャ悲劇もその一つだった。「私生活で深い悲しみを経験した私にとって、その戯曲の数々を読むことは、うまく言葉にできない物事を語ることに何より近い経験だった」と書いている。会話を主体にしている点でも、戯曲がこの小説に与えた影響は大きいようだ。とはいえ、悲しみを扱う本の大半は、彼女にとって完全に満足できるものではなかった。そこで彼女は、自分の悲しみの本を作らなければならないと考えた。

つまりリーは、「うまく言葉にできない物事」を語るためにこの小説を書いているのであって、現実を受け入れることに努めようとしているわけではない。たとえ語り得ないことだとしても、語らずにはいられないから書いている。小説の中に「言葉の影は語り得ぬものに触れられることがある」という件《くだり》があるように、きっと言葉の力を信じているのだろう。でも、その語り得ぬ悲しみは既存の物語の形式にはおさまりきらない。だから断片的でこれといった筋がないこの作品は、前衛的で斬新な印象すら与える。

作中で、二人は言葉でつながっていると母親は考えているのだが、実際には一から十まで彼女自身の言葉だ。だからその世界はすべてから自由で、時間すら超越していて、生前には言えなかったことを伝えたり、訊けなかった質問をしたりすることができる。それは脳内だけの幻想の世界だ。文章から発言の引用符は省かれ、口に出した台詞も口に出さない思いも、母親の問いかけも息子の返事も混ざり合い、この世とあの世を含めたすべてが境界を失って溶け合うように見える。読んでいるとどこからどこまでが誰の発言なのか混乱しそうになるが、その混沌としたありさまからは、もっとも愛する者を失った母親の内面の状態が伝わってくるようだ。

リーは息子を失ってからの数ヶ月間のことを「ハリケーンの目」と表現している。彼女にとって、災厄と心の混乱状態が一気に襲ってきたそのカオスの中心は静まりかえっており、何か絶対的なものに近づいたような感じがしたそうだ。その中心こそ「ハリケーンの目」であり、あえてその中で書くことで明瞭さがもたらされるのだという。「その静けさの核の中で、この小説は書かれたと思うのです。だから、あまり推敲《すいこう》しませんでした」とインタビューで語っている。つまりこの小説を、作家というよりも「リポーターとして」書いたというのである。リーは通常であれば推敲を必ずおこない、何度も書き直すこともある。創作過程のうちで推敲は、特に好きな作業だと公言しているのだ。でもこの小説に関しては二、三の言葉を変更しただけで、あとはすべて第一稿のままだという。約十週間という短い期間で書き上げたのも、その時間から外に出てしまえば小説は違うものになることがわかっていたからだ。彼女はこの創作を「写真撮影」にもたとえている。

リーは新刊を出すたびにさまざまな媒体に登場してインタビューを受けるのが通例であり、本書の発売の際もいつもどおりにインタビューに応じていた。質問は息子の件に触れないことが条件になっていたようだが、自死の事実はどの記事にも明記されており、彼女はどんな機会でもとても冷静に発言していた。

リーは作家になってから基本的に夫や子供を表に出すことはなかったし、中国での体験を除いて私生活を露出することもあまりなかった。それに変化が見られるようになったのは、彼女自身が自殺未遂をして入院してからだ。私生活について書いた作品として代表的なのは、二〇一七年二月に刊行された初のエッセイ集である。このエッセイ集で彼女は、主に過去の作家たちの日記や書簡を読んで考えたことを自らの体験を織り交ぜながら綴っているのだが、うつ病で特に苦しんでいた時期の思いや、自殺未遂をして入院した事実も明かしている。

リーは作家として教職や子育てやその他の仕事も同時にこなすため、夜中から朝の四時まで執筆する日々を約十年続けた。その時間帯はいっさい邪魔が入らないからだ。それでも彼女が家族の朝食を作り、子供たちの学校の送り迎えまでしていたらしい。この執筆の習慣は彼女の健康に深刻なダメージを残した。医師から、薬の服用は死ぬまで毎日用心して続けなければならないと警告されたという。

睡眠不足が抑うつ傾向を強めることはよく知られている。ただし二〇一二年の自殺未遂に至る深刻なうつ病の悪化は、以前から続けていた薬の服用をやめたことが原因の一つだとリーは語っている。「薬を服用しているという感覚は決して好きになれませんでした。ときどき執筆しているととても精力的になり、それを健康であるように勘違いします。その小説のもっとも創造的な段階でした」当時は長編『独りでいるより優しくて』の執筆中だった。

その後の入院期間は仕事をする気持ちになれず、ひたすら読書するしかなかったが、そのときは小説よりもむしろ日記など、他の作家が私的に書いたものを読むことが心の支えになった、と語っている。本書にも登場するマリアン・ムーアやフィリップ・ラーキンのほか、キャサリン・マンスフィールドやシュテファン・ツヴァイクといった作家たちだ。

では、愛する子供たちは心の支えにならないのか、という疑問がふと湧いてくる。実際、彼女はある読者から、子供たちを愛しているなら自殺など試みてはいけない、と言われたことがあるという。でもその際彼女は、それは愛情とは関係がないことだ、と思ったそうである。

私生活が垣間見えるのは先ほどのエッセイ集だけにとどまらない。たとえば二〇一三年に発表された「夢から夢へ」という短編もそうだ。主人公の女性はカリフォルニアで自殺未遂をするのだが、その方法まで具体的に書かれている。さらに、その女性は北京にいた少女の頃、入院中の母親の見舞いに行き、病院の窓から飛び降りることを夢想する。実は、リーが初めて自殺未遂をしたのは中国にいた十代のときだったことが後にインタビューで明かされている。

それでもリーは、自分は自伝のような小説を書く作家ではない、とあえて繰り返してきた。エッセイ集にも、「私は質問されるたびに、自分のフィクションに自伝的要素があることを否定している」と書いている。ところが、このエッセイ集の発売直後におこなわれたインタビューで、自らそれを撤回した。「私はいつも、自伝的な作家ではないと主張してきました。明らかに疑念を起こさせるほど強く。（中略）いまそんなことは嘘だと言えます」

もともとプライベートな部分を大切に守る作家だったのに、なぜプライベートなことを書くようになったのか。別のインタビューでリーは、私生活を書くのは対抗恐怖症みたいなものであり、恐怖から距離を置く方法として、書くことでそれに対抗しなければならないのだと述べている。さらに、エッセイ集にはこんな一節がある。

「私がつかんで放さないようにしているプライバシーは、他人にはほとんど関係がない。以前、息子の遊び相手の幼稚園児が、その技術を実演するところを見た。彼はちょっとした災難に見舞われたが、文句も言わず泣きもせず、体を動かさなかった。灰色がかった青い目が、生気をなくした。意志力で精神のスイッチが切られるのを、これほど近くで目撃したことはなかった。彼の目がパニック状態から虚ろな状態に変わるまで数秒だった――長くはないが、それでも一つの間隙である。不在になろうという揺るぎない決意が、彼の目の裏側にあるのを感じた。存在を消す行為を実行する者は、人は他者から見られずに存在できると――実際には幻想だが――信じるようになる。（中略）男の子の目がぼんやりする前の数秒、つまり明晰と混乱の間隙は、自衛の本能で精神が自らと闘うところだ。その間隙が私のプライバシーであり、フィクションを書くことはそれを守る私の方法だ。いつも効果があるわけではないけれど。その間隙から書くこと、つまりこの本（エッセイ集）は、変えることができないものとの停戦を成立させる実験だ」

では本書を「ハリケーンの目」の中で書いたことは、このような「間隙」で書いたことになるのだろうか。そして、リー自身の息子の死を思わせるこの小説は、そのプライバシーを守る方法の一つでもあるのだろうか。ちなみに彼女は、息子の自死の詳細に関しては固く口を閉ざしている。「実際に起こっていることを、人々はいろいろ解釈するでしょう。でも私は何も言いません」

本書はあくまでもフィクションとされており、実際にはどこからどこまでが事実なのかわからない。それでいて真実の見方を誘導されている感じもある。勝手な想像を止めてしまうという意味では、むしろ本書は巧みに真実を覆い隠すベールになっている気もする。エッセイ集には、こんな一節もある。「皆に見られることは身を隠すのにいちばんいい方法であり、話すことは沈黙のもっともいい形である」

結局、この小説は私生活を反映しているとはいえ、オートフィクションとまでは言い切れないようだ。おそらく前述のエッセイ集もすべてが事実というわけではないだろう。それでもこの小説を読んでいると、真実を覆う手の込んだベールを編む一人の母親の心は、ところどころ痛々しいほどむき出しになっているように思える。でなければ、これほど読む者の涙を誘うだろうか。

この小説は、移民である語り手が深刻な事実を背負って悲しみにくれながらも、なお言葉の正確さにこだわっているところが特徴的だ。彼女がこだわる理由の一つは、もちろん母語ではない英語で書くことを生業にしているからだが、もっと注目すべきなのは、親と子で母語が異なっている点だ。母親は中国生まれの中国育ちである一方、母親の言葉の使い方をしばしば批判する息子はアメリカ生まれのアメリカ育ちである。移民の家庭では珍しくないことだが、そのような家庭ではきっと子供と話し合うとき、親は常に言葉の正確さに配慮しなければならないだろう。そんな状況が日常なのだ。語り手が中国にいた頃に知り合ったインドネシア移民の寡黙な母親が思い出される。耳が遠ければ、新しい言語の習得は簡単ではないだろう。あるいは、習得できないので耳が遠いことにしていたのだろうか。

しかもこの小説では、子供ははるか遠くに消え、親は言葉でつながるのを想像することしかできないので、言葉に神経質にならざるをえない。語り手が冒頭から陳腐な言葉と「個人的闘い」をすることができると述べているように、ここで言葉とは彼女にとって闘争の対象なのだとわかる。

それでも子供の死という最大の悲劇を、母語ではなく第二言語で語ろうとするのはなぜなのだろうか。語り手が母語を捨てた理由やそれまでの経歴は書かれていないが、同じく母語をほぼ捨てたと言っていい著者のリーは、中国語で感情を表現することに慣れていなかった、と語ったことがある。エッセイ集にも、母語では感じることができないと書いている。「後から選んだ言語で感じることは困難ではあるが、私の母語では不可能だ」

母語を捨てたといっても、子供のときに暗唱した中国の古い詩はいまでも忘れないようにしているし、アメリカに来てからも『紅楼夢』だけは何度も読んだという。でもいまの中国語の言葉は一九五〇年代の共産主義の中国から続いているものなので、中国のウェブサイトを見たりするときなどに触れると、動揺すると述べている。

しかし英語という新しい言語によって「私の考えは解き放たれました。中国語では自己検閲するのだろうと人々に言われそうですね。確かに中国語ではおそらく自己検閲をしています。（中国語で）考えない特定の物事があるのです」いまは英語から「心理的な空間」が与えられ、母語では考えられないことをじっくり考えられるようになったそうだ。

そして英語で執筆するときは常に言葉にこだわり、しばしば辞書を引くというが、それは彼女にとって「楽しいプロセス」だと述べている。このプロセスによって、言葉だけでなく思考や意見を明確にすることにもなるのだそうだ。理系の研究者として正確さを追求するよう訓練され、それが身についているのかもしれない。

ではリーと同じく小説の語り手にとっても、英語を選んだことは解放だったのだろうか。小説を読んでいると、ひっきりなしに辞書で定義を確認している語り手の姿は、まるで英語能力が完璧でないことで自分を責め続けているかのようで、どこか自己検閲しているように見えなくもない。そして英語を使っていても、感じ方がわかっていない、と息子に言わせている。

リーはエッセイ集の中で、母語を捨てた決意を「一種の自殺」と表現している。そのことについて、インタビューでこんな発言をしている。

「私はある種のとても極端というか強烈な、こんなことを書きました。中国語を捨て、英語で書くことはある種の自殺だと。それは過去を切り捨てることです。別の言語を選ぶことは、別の人間になるためではなく——私はまだ自分自身なので——それは人工的な始まりなのだと思います。ほら、生まれたときに、生まれたいと頼んだりしませんでしたよね。その始まりは私たちに与えられました。でも人工的な始まりは、私が私のものではない言語を使うことです。それを選びとって、書くために使うことです」

与えられたものを捨てて自ら人工的な始まりを選びとるのは、母なるものからの決別とも言える。小説の語り手も、移民としてリーと同じことをした。そして彼女の息子も、ある意味では近いことをした。この世から去って永遠に決別した。そこで母親は彼と親子でいるより、「お母さんに見つかるな」という看板を掲げ、母親から逃げる子供同士としてつながりを持とうとする。

実は著者のリーにとって、母語である中国語は自らの実母と強く結びついている。母語で書いていないことをナボコフは「個人的な悲劇」と考えていたのに対し、リーは「個人的な救い」と表現しているが、救いである理由の一つはリーの実母が英語を読めないからなのである。

「母が中国共産党のように話すのです。日常生活で政治的な言葉を口にします。だから私を批判したいときは、中国共産党がアメリカを批判するように私のことを批判するのです。（中略）（そういう言い方をするのは）母だけじゃありません。（中略）でも自分をさらけ出さないに越したことはありません」

前述のエッセイ集にも、教師だった母親はしばしば登場する。たとえば「母は家庭の専制君主であり、無神経さと傷つきやすさの両方で予測不可能だった」とか、「私は彼女の怒りよりも涙を恐れた。母は、私が自分の人生を得るために置き去りにしなければならなかった子供なのだ」などの記述が見られる。

リーは、こうして母なるものと決別しただけではない。母語を捨てることで記憶から自分自身を消去してきた、とも書いている。ところで、この小説では息子が自己否定をしている。語り手は母親として息子の意志を尊重し、愛情を惜しみなく注いでいることが伝わってくるのだが、それでも彼自身は自己を否定し、完璧な人間はいないという母親の言葉に耳を貸そうとしない。もちろん彼の主張は母親が頭の中で作り出しているにすぎないのだが、彼女は息子が自分を敵にしてくれたらよかったと考えている。でも、もしかしたらその前に、この母親自身が自己を肯定しなければならないのかもしれない。

リーは自殺未遂の後、入院期間を終えて家に戻ったとき、一人で自分としっかり向き合わなければならなかったそうだ。「自分自身とだけおこなえる深い口論がありました。解剖し分析することが、それも内側から切っていくことが、必要だったのです」医学系の研究者だった彼女らしい表現だ。リーはかつて免疫学を研究していたのだ。その見地から、うつ病で特に苦しんだ二年間を「精神の自己免疫疾患」ととらえている。

「つまり、私の精神が自らを異物であるかのように標的にしていたのです。その本（エッセイ集）を書くことはある意味でその状態を受け入れ、できるかぎり活かすことでした。（中略）自分自身と口論するために、自分自身を――道理と不条理、合理的思考と非合理的感情を――解剖するために書かれた本です。（中略）その本の（あるいはその執筆の）ほとんどの部分で私は自分の敵であり、そのことを意識していました」

自殺未遂の事実を知った以上、彼女が自分を「敵」にしていたのはエッセイ集を書いている間だけではなく、もっと前からではないかとどうしても想像してしまう。ともあれリーはエッセイを書きながら、逃げずに自分自身と格闘した。おそらくこの小説もその格闘の途上にある。そのような苦しみを経てきたからこそ、深みと豊かさが増しているのだろう。

ちなみにリーはマリリン・ロビンソンの例を挙げて、エッセイ集とこの小説の関係を説明している。ロビンソンはリーのアイオワ大学時代の恩師でもある作家だが、非常に寡作であり、デビュー作『ハウスキーピング』から二十五年近くたってようやく二作目の小説『ギレアド』を出版した。ただしその間に、エッセイ集をはじめ数多くのノンフィクション作品を発表している。「(ロビンソンは)とても素敵なことを言いました。言い換えるとこうです。自分のノンフィクションは、フィクションの空間を作ることである」リーはこのように語り、その考え方をいつも借りていると述べた。つまりエッセイ集を書いたことで、この小説の「空間」が作られたということだ。

ここで、本書の原タイトル *Where Reasons End* について触れておこう。もうお気づきかもしれないが、これは巻頭のエリザベス・ビショップの詩に由来する。こういうわけやああいう理由で自分のほうが正しい、などと口論をしているうちに、ついには並べる根拠がなくなった。そんな一節から部分的に借りてきたタイトルだ。この小説では、母親と息子が言葉だけを通じてつながるが、その言葉が不十分なせいで口論になる。だからタイトルはそんな親子の口論を想起させるのだが、これまで見てきたように、実は著者の自分自身との口論もこの作品の裏に隠れているようである。

エッセイ集の内容について彼女は「最後の行に至ったとき初めて、私は自分の友になってきたことに気づいたのです」とも語っている。その最後の行にはこうある。「私はいつか自分にこう言えるようになりたい。友よ、私たちはこれがとおり過ぎるのを待っているんだね」

「自分の友になってきた」という言葉は救いだ。その希望の灯をいつまでも消さないことを、心から祈りたい。

初めてリーの作品に触れる読者のために、プロフィールをご紹介しよう。

リーは一九七二年、北京で誕生した。北京大学で生物学を学んだ後、一九九六年にアメリカに留学。アイオワ大学大学院で免疫学を研究していたが、やがて英語で詩や小説を書くようになり、二〇〇〇年に博士課程の途中で進路を変更し、同大学院の創作科に編入した。あと一年で免疫学の博士号を取得できるはずだったが、このままでは一生後悔すると思ったそうだ。

そして二〇〇五年に短編集『千年の祈り』を刊行し、数々の文学賞に輝いた。表題作を含む二編はウェイン・ワン監督によって映画化され、リーが脚本を担当した『千年の祈り』は、サン・セバスティアン国際映画祭でグランプリを受賞した。

二〇〇九年、初めての長編である『さすらう者たち』を発表し、二〇一〇年のカリフォルニア文学賞を受賞。同年六月には「ニューヨーカー」誌上で、注目の若手作家二十人の一人に選ばれ、また秋には「天才賞」と呼ばれるマッカーサー・フェローシップの対象者にも選ばれた。

二〇一〇年には二冊目の短編集『黄金の少年、エメラルドの少女』を刊行。二十以上の言語に翻訳された。翌年、子供向けの絵本 *The Story of Gilgamesh*（『ギルガメシュ物語』未邦訳）のイタリア語翻訳版が出版された（後に原書の英語版を発売）。これは古代メソポタミアのギルガメシュ叙事詩を、子供でもわかりやすいように書き直した作品だ。死というテーマを扱っているため、大人が読んでも考えさせられる内容だ。長年の苦労の末、ついに二〇一二年にアメリカ国籍を取得した。

この前後に、文学賞の選考委員を何度か務めている。二〇一〇年のO・ヘンリー賞と二〇一一年の全米図書賞に続き、二〇一三年には国際ブッカー賞の選考委員になった。作家として執筆や講演を続けながら大学の教壇に立っていたうえ、子育てと家事に追われ、さらに大量の受賞候補作品に目をとおす作業が重なって、この時期は多忙をきわめていたと思われる。

二〇一四年、二冊目の長編『独りでいるより優しくて』が刊行されると、ベンジャミン・H・ダンクス賞が贈られた。

二〇一七年二月、前述の初エッセイ集 *Dear Friend, from My Life I Write to You in Your Life*（『友よ、私の人生からあなたの人生に書き送ります』未邦訳）が刊行された。巻頭の表題作は先に「ア・パブリック・スペース」誌（十九号、二〇一三年）に掲載され、二〇一四年の『ザ・ベスト・アメリカン・エッセイズ』に採用されている（表題作の邦訳は「文藝」誌の二〇一七年冬季号所収）。

長年にわたりカリフォルニア州で家族とともに暮らしていたが、二〇一七年に東海岸へ拠点を移し、プリンストン大学の創作科で教えるようになった。文芸誌「ア・パブリック・スペース」の寄稿編集者も長年続けている。

そして二〇一九年二月、三冊目の長編である本書『理由のない場所』を刊行。さらに来年、新しい長編が刊行される予定になっている。これはアメリカを舞台にした作品だそうだ。また、短編集『黄金の少年、エメラルドの少女』の刊行後に発表された短編の数はすでに十を超えているので、長く待たれている新しい短編集もきっとじきに刊行されることだろう。

リーの自宅のダイニングルームにはいま、長男のヴィンセントが子供の頃に描いたゴッホの「星月夜」の模写が飾ってあるという。

リーの絵本『ギルガメシュ物語』は「互いに兄弟であり友である、ヴィンセントとジェームズに」という献辞で締めくくられているが、そのあとがきにはこう書かれている。

「子供の頃、誰もがするように私も、死の疑問に頭を悩ませていました。(中略)同じ疑問について、いま私の幼い子供たちが悩んでいるのですが、母親として子供たちを安心させたり、導きを与えたりできるいい答えはもちろんのこと、自分を満足させる答えすら見つけられずにいます。(中略)不死を追求しても、ギルガメシュはほとんど成功に至りません。でもウトナピシュティムから永遠の命の秘密を見つけ出そうと旅をして、賢人に成長します。同じ旅を、幾世代もの人々がそれぞれの人生で繰り返してきました。それは他人の智恵や教えに頼るより、むしろ私たち一人一人が乗り越えなければならない探究なのです」

著者はいつものように、作品の内容に関する私の質問に快く回答を寄せてくれました。そして河出書房新社の竹下純子さんに編集していただき、木村由美子さんからもアドバイスをいただいたおかげで、この本が完成しました。この場をお借りして、皆さまに心より御礼申し上げます。

二〇一九年十月二十二日

篠森ゆりこ

参考文献

Benson, Heidi. "People on the Edge Intrigue Writer Yiyun Li." *SFGate*, 19 Mar. 2009, www.sfgate.com/entertainment/article/People-on-the-edge-intrigue-writer-Yiyun-Li-3247445.php.

Cotter, Patrick. "The Southword Interview: Yiyun Li, Fiction Writer." *Southword*, Issue 36, Mar. 2019, pp.90-103.

Filgate, Michele. "Yiyun Li, Trying to Find the Words to Grieve." *Literary Hub*, 14 Feb. 2019, lithub.com/yiyun-li-trying-to-find-the-words-to-grieve/.

Gresham, Tom. "An Interview with Yiyun Li, Whose New Novel Is Being Called a Masterpiece." *Virginia Commonwealth University News*, 30 Jan. 2019, news.vcu.edu/article/An_interview_with_Yiyun_Li_whose_new_novel_is_being_called_a.

Grimes, William. "Using the Foreign to Grasp the Familiar." *The New York Times*, 25 Apr. 2014, www.nytimes.com/2014/04/26/books/writing-in-english-novelists-find-inventive-new-voices.html?partner=rss&emc=rss&smid=tw-nytimes&_r=0.

Ho, Rosemarie. "For Yiyun Li, All Writing Is Autobiographical." *The Nation*, 21 Oct. 2019, www.thenation.com/article/yiyun-li-interview/.

"Interview with 2015 Winner, Yiyun Li." *The Sunday Times Audible Short Story Award*, 20 Feb. 2019, www.shortstoryaward.co.uk/news/interview-2015-winner-yiyun-li/.

Laity, Paul. "Yiyun Li: 'I Used to Say That I Was Not an Autobiographical Writer – That Was a Lie.'" *The Guardian*, 24 Feb. 2017, www.theguardian.com/books/2017/feb/24/yiyun-li-interview-dear-friend-from-my-life-i-write-to-you-in-your-life.

Li, Yiyun. *Dear Friend, from My Life I Write to You in Your Life*. Random House. 2017.

——. "My Cultural Life: Novelist Yiyun Li." *Independent.ie*, 1 Oct. 2018, www.independent.ie/life/my-cultural-life-novelist-yiyun-li-37365509.html.

——. *The Story of Gilgamesh*. Pushkin Children's Books. 2014.

——. "To Speak Is to Blunder." *The New Yorker*, 25 Dec. 2016, www.newyorker.com/magazine/2017/01/02/to-speak-is-to-blunder.

——. "Yiyun Li Navigates the Loss of a Child in Her Heartbreaking New Novel." Interview by Eleanor Wachtel. *Writers & Company*. CBC Radio. Toronto. 20 Oct. 2019.

——. "Yiyun Li: 'Rebecca West Made Me Weep Unabashedly in an Airport.'" *The Guardian*, 9 Mar. 2018, www.theguardian.com/books/2018/mar/09/yiyun-li-the-books-that-made-me.

Martin, Manjula. "Work Hard, Read Dead: Yiyun Li in Conversation with Manjula Martin." *Scratch*, Simon & Schuster. 2017, pp.96-103.

Monson, Ander. "A Conversation with Yiyun Li." *Essay Daily*, 3 Apr. 2017, www.essaydaily.org/2017/04/a-conversation-with-yiyun-li.html.

White, Duncan. "Yiyun Li Interview: 'I Had to Make My Own Book About Grief.'" *The Telegraph*, 26 Jan. 2019, www.telegraph.co.uk/books/authors/yiyun-li-interviewi-had-make-book-grief/.

イーユン・リー「夢から夢へ」篠森ゆりこ訳、「GRANTA JAPAN with 早稲田文学」三号（早稲田文学会）所収、二〇一六年
カーラ・ファイン『さよならも言わずに逝ったあなたへ――自殺が遺族に残すもの』飛田野裕子訳（扶桑社）二〇〇〇年

文庫版によせて

二〇二〇年五月に河出書房新社から刊行された『理由のない場所』は、読者の皆様より大きな反響をいただき、おかげさまでついに文庫化されることになりました。

この作品は二〇二〇年のPEN／ジーン・スタイン賞を受賞しています。それを告げた選考委員の言葉の中に、「リーは我々がこれまで読んできたどんな作品とも異なる小説を書いた。この本は美しく思慮に富み、耐えがたいほど魂を揺さぶる」というくだりがありました。

確かに個性が強いだけでなく、胸をえぐるような小説です。何より、この小説が書かれた背景にとても悲しいできごとがありました。著者のイーユン・リーさんには、中国出身のご主人との間に息子さんが二人いたのですが、十六歳の長男が自死したのです。そして、著者は彼の死後数週間たってから本書を書き始めました。とてつもない経験を作品に昇華したのです。この小説から深い悲しみが伝わってくるのはもちろんですが、同時に著者の精神的な強さとしなやかさにも心を動かされます。

息子さんが自死した頃、リーさんは初めて欧米人を主人公にした長編『もう行かなくては』を書き進めていました。その創作の途中で、物語の内容と重なるわが子の自死という悲劇が現実に起こったのです。詳しくは『もう行かなくては』（河出書房新社）の訳者あとがきを参照していただきたいのですが、彼女はこれに衝撃を受けたにもかかわらず、『理由のない場所』の刊行後、その長編をじっくりと書き上げて二〇二〇年に発表しました。この長編の主人公は八十代の老女です。数々の悲しみを経験しながらも前向きに生きることを忘れない鋼のような女性が、毒舌を発揮しながら人生を振り返ります。

また二〇二〇年に、勤めている大学が新型コロナウイルス蔓延によって閉鎖され、人々に会うことができなくなったとき、リーさんはただ閉じこもっているのではなく、出版社のSNS（旧ツイッター）アカウントを利用してバーチャル読書会を始め、多くの参加者を集めました。トルストイの『戦争と平和』英語版を皆で少しずつ読んで感想や読みどころを語り合い、それを八十五日間続けて大作を読了しようという企画です。この読書会の内容は一冊の本（*Tolstoy Together* 未邦訳）にまとめられ、翌年発売されました。

続いて二〇二二年に長編 *The Book of Goose*（未邦訳）を発表し、翌年のPEN／フォークナー賞を受賞しました。フランスとイギリスを舞台にした二人の少女の物語です。仲良しの二人は協力して本を書きますが、大人の介入で溝ができていきます。かつて小説を出版した実在のフランス人少女がモデル。著者が大きな悲しみを抱えながら、これほどユーモアと生気にあふれる作品を書けることに驚かされました。邦訳は今年の夏に刊行される予定。どうぞご期待ください。

さらに二〇二三年、ファン待望の短編集がついに発表されました。著者は「中国のチェーホフ」と呼ばれるほどの短編の名手。二〇二二年には、これまでの優れた短編の作品群に対してPEN／マラマッド賞が贈られています。もちろんリーさんは短編作品の発表をたゆみなく続けてきましたが、二〇一〇年の『黄金の少年、エメラルドの少女』から十年以上、短編集を刊行していませんでした。つまり、新作 *Wednesday's Child* はえりすぐりの作品だけを集めた粒ぞろいの短編集なのです。現在、光栄にも筆者が翻訳の作業を進めているところです。こちらも、ぜひご期待ください。

イーユン・リーさんの作品はどれもが際立っていて、互いに似通っていないことが特徴です。ところがどの作品の主人公も、たわんでも容易には折れないような芯の強さを心の奥に秘めているように感じられます。これは著者自身にも通じるところがあるように思えてなりません。この先、どんな作品が世に出されるのか、とても楽しみです。

今回の文庫化にあたって大幅な改稿はおこなっていませんが、表記の訂正や言い回しの改善など細部の修正は施しました。

末筆ながら、文庫化にあたってご尽力いただいた河出書房新社の竹下純子さんに、篤く御礼申し上げます。

二〇二四年一月二十九日

篠森ゆりこ

この作品は二〇二〇年五月、小社より単行本として刊行されました。

理《り》由《ゆう》のない場《ば》所《しょ》

二〇二四年 五 月一〇日 初版印刷
二〇二四年 五 月二〇日 初版発行

著 者 イーユン・リー
訳 者 篠森《しのもり》ゆりこ
発行者 小野寺優
発行所 株式会社河出書房新社
〒一六二-八五四四
東京都新宿区東五軒町二-一三
電話〇三-三四〇四-八六一一（編集）
〇三-三四〇四-一二〇一（営業）
https://www.kawade.co.jp/

ロゴ・表紙デザイン 粟津潔
本文フォーマット 佐々木暁
本文組版 KAWADE DTP WORKS
印刷・製本 TOPPAN株式会社

Printed in Japan ISBN978-4-309-46802-0

千年の祈り

イーユン・リー　篠森ゆりこ〔訳〕　46791-7

個人とその背後にある中国の歴史、文化、神話、政治が交差し、驚くほど豊かな10編の物語を紡ぎ出す。デビュー作にしてフランク・オコナー国際短篇賞ほか、名だたる賞を数々受賞した傑作短編集。

さすらう者たち

イーユン・リー　篠森ゆりこ〔訳〕　46432-9

文化大革命後の中国。一人の若い女性が政治犯として処刑された。物語はこの事件に否応なく巻き込まれた市井の人々の迷いや苦しみを丹念に紡ぎ、庶民の心を歪めてしまった中国の歴史の闇を描き出す。

黄金の少年、エメラルドの少女

イーユン・リー　篠森ゆりこ〔訳〕　46418-3

現代中国を舞台に、代理母問題を扱った衝撃の話題作「獄」、心を閉ざした四〇代の独身女性の追憶「優しさ」、愛と孤独を深く静かに描く表題作など、珠玉の九篇。O・ヘンリー賞受賞作二篇収録。

あなたのことが知りたくて

チョ・ナムジュ／松田青子／デュナ／西加奈子／ハン・ガン／深緑野分／イ・ラン／小山田浩子 他　46756-6

ベストセラー『82年生まれ、キム・ジヨン』のチョ・ナムジュによる、夫と別れたママ友同士の愛と連帯を描いた「離婚の妖精」をはじめ、人気作家12名の短編小説が勢ぞろい！

すべての、白いものたちの

ハン・ガン　斎藤真理子〔訳〕　46773-3

アジア初のブッカー国際賞作家による奇蹟の傑作が文庫化。おくるみ、産着、雪、骨、灰、白く笑う、米と飯……。朝鮮半島とワルシャワの街をつなぐ65の物語が捧げる、はかなくも偉大な命への祈り。

突囲表演

残雪　近藤直子〔訳〕　46721-4

若き絶世の美女であり皺だらけの老婆、煎り豆屋であり国家諜報員――X女史が五香街（ウーシャンチェ）をとりまく熱愛と殺意の包囲を突破する！世界文学の異端にして中国を代表する作家が紡ぐ想像力の極北。

著訳者名の後の数字はISBNコードです。頭に「978-4-309」を付け、お近くの書店にてご注文下さい。